Hartz-IV den Luxus gönn' ich mir

Autorin: Tatjana Möchte

Herausgegeben: September 2009

Herstellung und Verlag:
Books on Demand GmbH, Norderstedt

ISBN 978-3-8391-2912-8

Inhaltsverzeichnis:

Hartz IV - den Luxus gönn' ich mir!

Vorwort:

"Luxus" - über das Übliche hinausgehende; dem Genuss und Vergnügen dienend; etwas im Übermaß Vorhandenes; etwas, was nicht notwendig ist.....

Liebe Leser,

Luxus und Hartz-IV. Wie das zusammen passt? Nun, je nachdem, welche Meinung Sie vertreten, trifft eine Definition für Luxus sicher für Sie auf Hartz IV zu.

Über das Übliche hinausgehende - Ehrlich; Hartz IV ist eine gute Sache. Dem Grunde nach. Hätten wir keine soziale Absicherung, würden Menschen ohne Arbeitseinkommen gar nichts haben und müssten auf jeden Fall auf der Straße leben und Hungern.

Dem Genuss und Vergnügen dienend - Sie sind ein Leser, der die Ansicht vertritt, Sozialleistungsempfänger seien Schmarotzer und nur zu faul zum Arbeiten?

Etwas im Übermaß Vorhandenes - Traurig aber leider wahr. Immer mehr Menschen werden von Hartz IV abhängig. Mittlerweile über 3 Millionen in Deutschland. Das ist vielleicht ein guter Titel für ein weiteres Buch. Die Antwort auf die Frage, warum das wohl so ist.

Etwas, was nicht notwendig ist - Nun, liebe Leser - damit sind wir beim eigentlichen Thema......

Beginnen möchte ich mit einer kurzen Beschreibung meiner Person und dem Vater des Gedankens, ein Buch zu schreiben.

Groß geworden bin ich mit 2 Geschwistern und liebenden Eltern in den 60ern in einer mittel großen Stadt in Nordrhein-Westfalen. Obwohl ich nie in einem Büro Arbeiten wollte, habe ich (auf Drängen meiner Eltern - auch Mädchen müssen heutzutage eine Ausbildung machen) eine Ausbildung zur Anwaltsgehilfin, heute Rechtsanwaltsfachangestellte genannt, gemacht. Hier ein großes Danke an meine Eltern, ohne die ich jetzt sicher nicht hier sitzen und schreiben würde.

Vor einigen Jahren konnten sich Anwälte spezialisieren auf bestimmte Fachbereiche wie z. B. Mietrecht, Arbeitsrecht, Vertragsrecht usw. Mein Chef hat sich unter anderem auf Sozialrecht spezialisiert. Hierdurch habe ich ganz bewusst die Umstellung von der früheren Sozialhilfe (bis 2004) auf Hartz-IV miterlebt. Seien Sie versichert, dass ich manches Mal aus dem Staunen nicht herauskam. Die letzten Jahre in meinem Beruf als Rechtsanwaltsfachangestellte (nach nunmehr über 20 Jahren Berufserfahrung) haben mich dazu bewogen, mit dem Schreiben anzufangen.

Allerdings möchte ich darauf hinweisen, dass ich kein Jurist bin. Insoweit werden mit diesem Buch keine rechtlichen Hinweise gegeben bzw. sind nicht als solche zu deuten. Vielmehr handelt es sich bei diesem Buch um eine Wiedergabe meiner ganz persönlichen Ansichten und freien Gedanken. Um diese besser darstellen zu können, habe ich auf vorhandene Literatur: das Sozialgesetzbuch nach bundesrecht.juris.de, das RVG (Rechtsanwaltsvergütungsgesetz) sowie auf eine Kommentierung von Hauck/Noftz zurück gegriffen (Stand September 2009). Ebenso auf eine mir zur Verfügung gestellte Eingliederungsvereinbarung sowie natürlich auf gemachte Erfahrungen. Die Interpretation und Wiedergabe der Literatur ist -ebenso wie die hier aufgeführten Geschichten meiner gedanklichen Freiheit entsprungen sind- auf gar keinen Fall als rechtsweisend oder rechtsverbindlich zu betrachten.

Und ehe ich es vergesse. Natürlich sind jegliche Ähnlichkeiten mit Personen aus dem wahren Leben, ob nun Hartz-IV Empfänger, deren Lebensgeschichte; Mitarbeiter der ARGE, deren Arbeitsweise;

Fälle aus einem Anwaltsbüro usw. zufällig. Namen und Personenbeschreibungen sind meiner Phantasie entsprungen.

Also - sollten Sie zufällig eine Ihnen bekannte Person, deren Geschichte oder einen Teil deren Lebens hier wiedererkennen, so ist dies rein zufällig.

Sollten Sie bei einer ARGE arbeiten und beim Lesen denken – „den Fall hatte ich doch auf meinem Schreibtisch", so ist dies rein zufällig.

Sollte sich die Regierung ob dieses Buches auf den Schlips getreten fühlen, so ist dies natürlich auch nicht beabsichtigt und rein zufällig…

Harzt IV = Luxus. Sie, liebe Leser haben Ihre ganz eigene Ansicht, welche Definition für Sie die zutreffende ist. Wenn Sie am Ende des Buches darüber nachgedacht haben, ob Ihre anfängliche Meinung immer noch dieselbe ist, dann hat das Buch seinen Sinn und Zweck erfüllt.

Ich hoffe, Sie mit diesem Buch durch einen Ansturm der Gefühle – von Erstaunen über Ungläubigkeit bis hin zum Verständnis zu führen.

Seien Sie versichert, dass ich nachfolgend nur einzelne kleine Geschichten erzähle. Aber vergessen Sie beim Lesen nicht, dass auch mein Arbeitsplatz im weitesten Sinne von der Regierung bezahlt wird. Durch die Anwaltshonorare, die mein Chef für seine gewonnenen Widerspruchs- und Klageverfahren gegen die ARGE, die Bundesagentur für Arbeit bzw. den Kreis erhält.

Von Ihren Steuergeldern.

1. Kapitel
Was ist eigentlich Hartz-IV- ALG II-Leistungen nach SGB?

Für die, die mit beiden Beinen fest im Leben stehen und meinen, sie bräuchten sich nie in ihrem Leben damit auseinander zu setzen, was Hartz-IV eigentlich ist; wer die Leistung bekommt; wo man einen Antrag stellen muss...... Vergessen Sie Ihre bisherige Meinung und lesen Sie einfach weiter!
Oder haben Sie eine Arbeit; haben vielleicht Familie, Kinder? Sie sind sogar Selbstständig mit einem gut gehenden Unternehmen? Warum lesen Sie dann das Buch? Vielleicht, weil Sie doch das eine oder andere über Hartz-IV gehört haben, was Sie nicht glauben möchten?
Es besteht natürlich auch die Möglichkeit, dass Sie Leistungsempfänger sind. Trotzdem haben Sie es geschafft, sich dieses Buch zu Kaufen. Ihnen möchte ich danken. Ich weiß es zu schätzen, dass Sie Ihre wertvollen Cent nutzen, um ein paar Seiten beschriebenes Papier zu erwerben. Ich hoffe, dass Sie Ihren Kauf - wenn Sie am Ende des Buches angekommen sind - nicht bereuen. Auch wenn Ihnen beim nächsten Absatz eventuell der Gedanke kommt, das hier Geschriebene kennt doch eh jeder (zumindest Hartz-IV Empfänger). Haben Sie bitte trotzdem die Geduld und lesen Sie weiter...
Nun für alle, die noch keine Leistungsempfänger sind die Antwort auf die Frage, was Hartz-IV eigentlich ist.
Hartz-IV hat zumindest große Ähnlichkeit mit Einsteins Theorie – der Relativitätstheorie. Der Anspruch

auf das, was einem nach Hartz-IV zusteht, ist relativ. Abhängig vom jeweiligen Sachbearbeiter des Sozialleistungsträgers. Die Sozialleistung erhalten nach dem Gesetz alle Menschen, die unverschuldet (bitte merken Sie sich schon einmal das Wort "unverschuldet") über kein eigenes Einkommen verfügen. Die Leistung soll sicherstellen, dass sie eine angemessene (bitte auch merken) Unterkunft haben und genug Geldmittel, um zu Leben.

Einer erwachsenen, alleinstehenden Person stehen neben den Unterkunftskosten derzeit (seit Juli 2009) 359 € zu. Sofern sie arbeitsfähig ist.

Kindern bis zur Vollendung des 6. Lebensjahres 215 €;
Kindern vom 7. bis zur Vollendung des 14. Lebensjahres 251 €;
„Kindern" vom 15. bis zum 25. Lebensjahr 287 €,
und Partnern ab dem 19. Lebensjahr 323 €.

Wie der Gesetzgeber Hartz-IV definiert bzw. was seiner Ansicht nach Aufgabe und Ziel der Grundsicherung für Arbeitssuchende ist, können Sie nachstehend lesen:

§ 1 SGB II
„(1) Die Grundsicherung für Arbeitssuchende soll die Eigenverantwortung von erwerbsfähigen Hilfebedürftigen und Personen, die mit ihnen in einer Bedarfsgemeinschaft leben, stärken und dazu beitragen, dass sie ihren Lebensunterhalt unabhängig von der Grundsicherung (Hartz-IV) aus eigenen Mitteln und Kräften bestreiten können. Sie soll die erwerbsfähigen Hilfebedürftige bei der Aufnahme oder Beibehaltung einer Erwerbstätigkeit unterstützen und den Lebensunterhalt sichern, soweit sie ihn nicht auf andere Weise bestreiten können. Die Gleichstel-

lung von Männern und Frauen ist als durchgängiges Prinzip zu verfolgen. Die Leistungen der Grundsicherung sind insbesondere darauf auszurichten, dass: 1. durch eine Erwerbstätigkeit Hilfebedürftigkeit vermieden oder beseitigt, die Dauer der Hilfebedürftigkeit verkürzt oder der Umfang der Hilfsbedürftigkeit verringert wird, 2. die Erwerbsfähigkeit des Hilfebedürftigen erhalten, verbessert oder wieder hergestellt wird, 3. geschlechtsspezifischen Nachteilen von erwerbsfähigen Hilfebedürftigen entgegengewirkt wird, 4. die familienspezifischen Lebensverhältnisse von erwerbsfähigen Hilfebedürftigen, die Kinder erziehen oder pflegebedürftige Angehörige betreuen, berücksichtigt werden, 5. behindertenspezifische Nachteile überwunden werden.

(2) Die Grundsicherung für Arbeitssuchende umfasst Leistungen: 1. zur Beendigung oder Verringerung der Hilfebedürftigkeit insbesondere durch Eingliederung in Arbeit und 2. zur Sicherung des Lebensunterhalts.“

Ist also ganz einfach. Eine unkomplizierte, unbürokratische und von der Grundidee her gute und simple Angelegenheit. Könnte man meinen.....

Sollten Sie, liebe Leser, Hartz-IV Empfänger sein, dann denken Sie eventuell gerade - das hat mit der Realität aber wenig gemeinsam. Die Autorin hat gut Reden und offenbar keine Ahnung.

Oder Sie sind kein Leistungsempfänger und überlegen jetzt eventuell: - Mutter mit 2 Kindern:

Miete = Unterkunftskosten ist bezahlt, hat monatlich rund 780 € bis 920 € plus Kindergeld zur freien Verfügung. Warum beschweren sich dann eigentlich Hartz-IV Empfänger? Das ist doch viel Geld fürs Nichtstun. Ich muss für dieses Geld hart arbeiten und wünschte, ich hätte es übrig.

Es kann aber auch sein, dass Sie selber bei einer AR-GE arbeiten. Dann schmunzeln Sie jetzt eher und denken bei sich - die schreibt vielleicht einen Mist. Offensichtlich hat die Autorin keine Ahnung.
Nun, seien Sie versichert: So ein wenig Ahnung habe ich doch. Vielleicht sogar mehr, als manch ein Mitarbeiter der ARGE. Aber dazu später mehr…
Vorweg möchte ich betonen, dass ich alle Ihre Ansichten gut nachvollziehen kann. Egal, ob Leistungsempfänger, ARGE-Mitarbeiter, Selbstständiger, Arbeitnehmer oder wer auch immer das Buch gerade zur Hand nimmt. Doch ganz so einfach, wie wahrscheinlich viele von Ihnen, liebe Leser, meinen, ist es mit Hartz-IV leider nicht. Man bekommt nicht einfach Sozialhilfe bzw. Hartz-IV – in der heutigen Zeit jedenfalls nicht mehr…
Und schon an dieser Stelle ein kleiner Hinweis an die Nichtbezieher von Sozialleistungen: Nein, die Mutter mit 2 Kindern hat weder so viel Geld zur freien Verfügung; das Kindergeld ist in dem Leistungsbetrag enthalten und sie bekommt es auch nicht einfach so; geschweige denn ist Miete ihre auf jeden Fall gesichert.

2. Kapitel
Die ARGE

Die ARGE = Arbeitsgemeinschaft = früher Sozialamt genannt soll Leistungsberechtigte beraten, diesen beratend zur Seite stehen, aufklären und dabei unterstützen, wieder in Arbeit zu kommen (hierzu in Kapitel 4 mehr).

Diese Behörde gibt es in einer jeden Stadt, bei der man Leistungen nach dem Sozialgesetzbuch (SGB) beantragen kann.

Es gibt Leistungen nach SGB II (zuständig ist die Bundesagentur für Arbeit und in diesem Zusammenhang die ARGE) - für Menschen, die arbeitsfähig sind.

Und Leistungen nach SGB XII (zuständig ist die Stadt bzw. der Kreis) - für erwerbsunfähige Menschen und Rentner.

Die anderen, noch weiteren 10 Sozialgesetzbücher möchte ich hier soweit unberücksichtigt lassen. In ihnen sind beispielsweise auch Dinge wie Krankenkassenangelegenheiten, aber auch Sozialleistungen für schwerbehinderte Kinder und anderes geregelt.

Sie merken sicher schon - hier fängt es an, komplizierter zu werden. Denn wer bisher dachte, dass man einfach "Hartz-IV" oder Arbeitslosengeld II bekommt, der irrt. Jedoch ist dies kein Grund, jetzt das Buch zuzuklappen weil man meint, es würde zu kompliziert. Immerhin verstehen die ARGE-Mitarbeiter das System doch auch. Und dies zum Teil ohne groß Schulungen besucht, oder eine spezielle Ausbildung gemacht zu haben. Oder etwa doch nicht? An dieser Stelle möchte ich - so als Einführung in das Buch - mit meiner ersten Geschichte beginnen, die sich genau so abgespielt haben könnte, aber eigentlich nicht dürfte.

Ein Familienvater ca. 40 Jahre alt, verheiratet, 2 kleine Kinder und schwer an Krebs erkrankt. Voraussichtlich zu erwartende Lebensdauer: Noch 2 Jahre. Bis zu der Diagnose "Krebs" Alleinverdiener der Familie. Kein Wirtschaftswunder sondern eine ganz normale Familie mit einem mittleren Einkommen. Glücklich, aber nicht reich. Das Einkommen für die Familie ausreichend aber nicht dafür geeignet, große Häuser zu bauen, dicke Autos zu fahren oder Sparbücher anzulegen. Dieser Familienvater, dessen Frau sich liebevoll um die mittlerweile 2 Jahre alten Zwillinge kümmert, erhält am Tag X die Diagnose Krebs. Als fürsorglicher Familienvater hat er sich natürlich auch Gedanken darüber gemacht, was aus seiner Frau und seinen Kindern werden soll. Wie sollte er die Familie ernähren, wenn er doch nicht mehr Arbeiten kann? Wovon sollen sie Leben?
Sie, liebe Leser, denken jetzt vielleicht: "Warum hat er keine Lebensversicherung?" Hat er! Als fürsorglicher Vater hat er trotz seiner jungen Jahre vorgesorgt und für den Fall, dass ihm etwas zustößt eine Lebensversicherung abgeschlossen. Doch was ist, wenn das gar nicht sein größter Kummer ist. Sondern vielmehr die Frage, wie er während seiner letzten 2 Lebensjahre, also <u>bis</u> zu seinem Tod die Familie ernähren soll?
Sie glauben, dass das kein Problem sein dürfte; dass es ja genau dafür Hartz-IV gäbe? Lesen Sie weiter!

Am Tag X erhält der Familienvater (nennen wir die Familie-Familie Krebs) die Diagnose. Er bespricht sich mit seiner Frau. Diese schlägt vor, dass sie doch stundenweise Arbeiten gehen kann, während er bei den Kindern bleibt. Leider erweist sich die gute Idee als nicht umsetzbar, da die Gesundheit des Herrn Krebs so angeschlagen ist, dass dieser die Kinder nicht hätte ordentlich betreuen können. Kinder wollen Toben und Spielen. Er aber hat damit zu kämpfen, sich auf seinen Beinen zu halten. Vater Krebs fällt nach 6 Wochen Krankheit ins Krankengeld. Das Einkommen reicht nicht mehr aus, die Familie zu versorgen. Alles, was Familie Krebs noch irgendwo an Wertgegenständen hat, wie z. B. das Familienauto, werden in Bares umgesetzt. Herr Krebs stellt einen Antrag auf Erwerbsunfähigkeitsrente. Er beantwortet mit seiner Frau zusammen Seiten um Seiten an Fragen und füllt Formulare aus. Er entbindet Ärzte von der Schweigepflicht, lässt sich von fremden Ärzten begutachten und wartet geduldig, bis sein Antrag bearbeitet wird. Und er hofft, dass er den Rentenbescheid der Deutschen Rentenversicherung noch erlebt... Zeit vergeht. Zeit, in der auch die allerletzten Geldreserven der Familie aufgebraucht werden. Wenn bei Bekanntwerden der Diagnose die Eheleute Krebs sich noch vorgenommen haben, ihre letzte gemeinsame Zeit mit so viel schönen Stunden wie möglich zu verbringen; noch einmal Ausflüge mit den Kindern zu machen; Essen zu gehen, so beginnen sie jetzt, ums Überleben zu kämpfen.

Also beschließen sie am Tag Y die ARGE aufzusuchen und sich Hilfe zu holen. Zum Glück lebt man in Deutschland ja in einem Sozialstaat.

Bitte, liebe Leser, verstehen Sie mich nicht falsch. Ich bin ein absoluter Befürworter des Sozialsystems. Leider hapert es zeitweise an der Umsetzung der eigentlich guten Idee. Anscheinend hat es der Staat versäumt, auch überall geschulte Mitarbeiter einzustellen. Wenn Sie also Mitarbeiter einer ARGE sind, nehmen Sie es bitte nicht persönlich. Ich weiß, dass Sie zum Teil nichts dazu können, wenn etwas nicht so verläuft, wie es eigentlich sollte.

Die Eheleute Krebs also suchen am Tag Y die ARGE auf und stellen einen Antrag auf Harzt-IV. Der Mitarbeiter der ARGE ist sehr freundlich. Er teilt den Eheleuten mit, dass ihre Unterkunftskosten für eine angemessene Wohnung bezahlt werden und dass ihnen natürlich, da sie ja derzeit kein ausreichendes Einkommen mehr haben, Hartz-IV-Leistungen zustehen. Er übergibt ihnen Formulare, so dass die Eheleute Krebs zu Hause Seiten um Seiten an Fragen beantworten und Formulare ausfüllen. Nach ca. 2 Wochen erhalten sie auch kurzfristig einen weiteren Termin bei der ARGE, in dem sie ihren Antrag auf Leistungen nach SGB II abgeben können. Der freundliche Sachbearbeiter der ARGE sieht die Vordrucke durch und stellt ein paar Fragen über Vermögenswerte, die sie in letzter Zeit doch eventuell noch hatten. Er möchte wissen, warum Herr Krebs nicht mehr arbeitet; ob Frau Krebs eine abgeschlossene Berufsausbildung hat; warum sie in den letzten Jahren nicht gearbeitet hat; ob sie denn stundenweise arbeiten könne usw. Die

Eheleute Krebs beantworten alle Fragen wahrheitsgemäß. Sie teilen auch mit, dass Herr Krebs aufgrund seiner Krebserkrankung nicht nur nicht mehr arbeitsfähig ist sondern auch nicht mehr wird, als seine Lebenserwartung nur noch maximal 2 Jahre beträgt. Auch geben sie an, dass er aus diesem Grund bereits einen Antrag auf Erwerbsunfähigkeitsrente gestellt hat.

Nach dem Termin bei der ARGE warten die Eheleute jeden Tag hoffnungsvoll auf den Bescheid der ARGE, wonach sie Leistungen nach dem SGB II (im Volksmund: Hartz-IV) bekommen sollen. Um alsdann den schon längst überfälligen Einkauf von Lebensmitteln machen zu können. Dann endlich kommt der Bescheid mit der Post. Sie erhalten die versprochenen Leistungen. Aufatmen bei den Eheleuten.

Ein paar Tage später erfolgt auch die Gutschrift des Geldes auf ihrem Konto. Fast zeitgleich erhalten sie auch ein neues Schreiben der ARGE. Einen Anhörungsbogen.

Einen Anhörungsbogen? - Dies ist ein Schreiben, welches die ARGE an diejenigen verschickt, die Leistungen bezogen haben, die ihnen laut ARGE nicht zustehen. Die Familie Krebs bekommt 2 Wochen Zeit, zu den zu Unrecht bezogenen Leistungen Stellung zu nehmen. Wenn Sie, liebe Leser nun denken: "Jetzt verstehe ich gar nichts mehr". Ich kann Ihnen versichern, den Eheleuten Krebs ging es ebenso.

Der freundliche Sachbearbeiter der ARGE war telefonisch leider nicht mehr erreichbar. Die Eheleute Krebs wissen sich nicht mehr zu helfen und schalten einen Fachanwalt für Sozialrecht ein. Als Anwalt für Sozialrecht war diesem direkt klar, worin das Problem bestand. Vater Krebs ist nachgewiesen nicht mehr arbeitsfähig. Seinem Antrag auf Erwerbsunfähigkeitsrente wurde zwischenzeitlich stattgegeben. Demnach stehen ihm nicht Leistungen nach SGB II, sondern nach SGB XII zu. Mit anderen Worten: Er hat "falsche" Leistungen bezogen. Diese müssen an die ARGE zurückgezahlt werden. Gleichzeitig muss bei der Stadt ein Leistungsantrag nach SGB XII gestellt werden.

Haben Sie, liebe Leser, schon einmal versucht, Weihnachtsgeld, welches Sie Anfang Dezember erhalten haben, im Januar darauf zurückzuzahlen? Nicht möglich? Dann versuchen Sie einmal, Sozialleistungen, die Sie für das Notwendigste benötigen, einen Monat später zurück zu zahlen...

Am einfachsten wäre es jetzt sicherlich gewesen, der Mitarbeiter der ARGE hätte sich mit dem Mitarbeiter der Stadt (denn für Leistungen nach SGB XII sind die Städte/der Kreis zuständig) in Verbindung gesetzt. Zum Beispiel, in dem man zum Telefonhörer greift, eine interne Nummer wählt und den Kollegen fragt, wie man denn dem armen Herrn Krebs und seiner Familie am schnellsten und einfachsten Helfen kann. Es wäre auch einfach gewesen, der Mitarbeiter der ARGE hätte die Leistungen für Herrn Krebs als Darlehen gewährt. Herr Krebs hätte den Antrag auf Leistungen nach SGB XII gestellt und die bisher von der ARGE als Darlehen geleisteten Beträge dann an die ARGE abgetreten. Aber wie heißt doch ein altes Sprichwort: "Warum einfach, wenn es auch kompliziert geht?!".

Ja, liebe Leser - wir leben in Deutschland. In dem Land der Bürokratie. In dem Land, in dem für alles Formulare ausgefüllt und Stempel und Genehmigungen aufgedrückt werden müssen. Nein, so einfach geht das nicht. Wochenlanger Schriftverkehr zwischen Anwalt und ARGE war die Folge. Während die ARGE wollte, dass die Stadt zuerst einen entsprechenden Bescheid erlässt, um dann die dortigen "Einnahmen" des Herrn Krebs bei den Sozialleistungen der Bedarfsgemeinschaft (denn Frau Krebs und die Kinder erhalten Leistungen nach SGB II) berücksichtigen zu können, dachte die Stadt genau umgekehrt. Und während sich die Stadt und die ARGE stritten, wartete Familie Krebs auf ihren neuen Bescheid. Ob nun nach SGB II oder SGB XII war ihnen dabei vollkommen egal.

Es ist schon traurig. In den letzten 2 Jahren, die Herrn Krebs mit seiner Familie noch geblieben waren, hat er mehr Zeit damit verbracht Vordrucke auszufüllen, auf Bescheide zu warten, ums Überleben zu kämpfen, finanzielle Ängste auszustehen, Anwalts- und Behördentermine wahrzunehmen, bei Bekannten und Freunden um finanzielle Unterstützung oder um ein warmes Essen für seine Kinder zu betteln als zu Leben..! Wenn Sie meinen, dass dies eine einmalige Geschichte war, ein sicherlich trauriges aber nicht der Regel entsprechendes Schicksal - da kann ich Ihnen leider nicht zustimmen....

Meiner Ansicht nach liegt ein Grund für solch ein Schicksal auch mit darin begründet, dass der zuständige ARGE-Mitarbeiter nicht genügend geschult war. Allerdings muss man diesen andererseits eventuell sogar „in Schutz nehmen". Denn ganz so einfach ist das mit den Sozialgesetzbüchern nicht. Solche Paragraphen hierzu muss man erst einmal kennen und verstehen, bevor man diese richtig zur Anwendung bringen kann. Aber sehen Sie selbst:

§ 5 SGB II
„(2) Der Anspruch auf Leistungen zur Sicherung des Lebensunterhalts nach diesem Buch <u>schließt Leistungen nach</u> dem Dritten Kapitel des <u>Zwölften Buches (SGB XII) aus</u>. Leistungen nach dem Vierten Kapitel des Zwölften Buches sind gegenüber dem Sozialgeld vorrangig…"

Aber seien Sie versichert, es geht noch komplizierter. Wenn sich in der Familie beispielsweise auch noch schwerbehinderte, auch zukünftig arbeitsunfähige kleine Kinder befinden würden. Diese bekämen nämlich dann Leistungen nach SGB XI. Im vorliegenden Fall würde dies bedeuten: Leistungen nach SGB II, gezahlt durch die ARGE für die Frau; Leistungen nach SGB XII, gezahlt durch die Stadt für den Mann; und Leistungen nach SGB XI für das Kind….
Und der Hartz-IV Empfänger soll wissen, bei wem er welche Leistungen für wen beantragen muss?! Hätten Sie es gewusst?

3. Kapitel
Es geht auch anders

Natürlich verbirgt sich nicht hinter jedem Hartz-IV-Empfänger ein trauriges Schicksal. Einige Sozialleistungsempfänger sind sogar ganz ausgefuchst. Es gibt sicherlich auch solche, die wirklich keine Lust zum arbeiten haben. Und es gibt auch solche, die Tricks kennen, wie man "seine Gelder" erhält, ohne Ärger mit der ARGE zu bekommen. Komisch ist nur, dass wir solche Fälle bei uns im Büro sehr selten haben. Doch ein oder zwei gibt es, bei denen man sich fragt, wie jemand das Wort "Sozialleistung" so sehr missverstehen kann. An dieser Stelle möchte ich einmal über einen ganz gewieften Leistungsempfänger berichten, der - jetzt alle Hartz-IV-Empfänger aufmerksam lesen und alle ARGE-Mitarbeiter einfach zum nächsten Kapitel blättern - sich "zu helfen" weiß. Einer, der von seiner Person sagt, dass er noch nie Probleme mit der ARGE hatte. Der Vorsprachetermin beim Mitarbeiter der ARGE würde immer ganz schnell und unkompliziert verlaufen. Kurze Zeit später bekäme er dann seinen neuen Bescheid. Er muss auch keine Eingliederungsvereinbarung (Erklärung hierzu erfolgt später, in Kapitel 5) unterschreiben und keine Bemühungen um einen Arbeitsplatz nachweisen. Er bezieht einfach nur die Leistungen und lebt ganz gut damit. Wie das geht?

Der Mann (nennen wir ihn-Herrn Schmarotzer) ist Ende 20. Er hatte noch nie große Lust, zu Arbeiten. Viel lieber lebt er so in den Tag hinein und genießt sein Leben. Ein schlechtes Gewissen, weil er quasi

anderen Leuten auf der Tasche liegt? Fehlanzeige. Er ist der Ansicht, wenn Papa Staat Geld zu verschenken hat, dann ist er doch blöd, wenn er es nicht annimmt.
Sie, liebe Leser, stellen sich jetzt zu Recht die Frage: "Wie kann das sein, dass er damit durchkommt?!"

Deshalb hier der Ratschlag des jungen Mannes:
Sie haben doch sicher eine Lieblingshose und einen Lieblingspullover zu Hause. Diesen müssen Sie 1 - 2 Wochen tragen. Bitte nicht Waschen. Auf gar keinen Fall Waschen! Stinken müssen die Sachen und ausgebeult sein. Zu Hause können Sie diese dann in einer Plastiktüte verwahren. Diese Plastiktüte wird Ihr größter Schatz. Eine Ausbildung haben Sie doch sicher auch nicht gemacht, oder? Hoffentlich nicht. Ohne Ausbildung sind Sie nicht so gut vermittelbar. Wenn Sie eine Ausbildung gemacht hätten, hätten Sie ja in der Vergangenheit bereits bewiesen, dass Sie so etwas wie "Durchhaltevermögen" haben. Das wäre nicht gut. Nicht, wenn Sie Herr Schmarotzer heißen. Also, Sie haben keine Ausbildung gemacht. Dafür aber eine Plastiktüte mit stinkender Kleidung zu Hause. Jetzt fehlt nur noch die Schnapsflasche - eine volle natürlich.
Wenn Sie eine Einladung der ARGE zu einem persönlichen Gespräch bekommen, um Ihre Zukunftsperspektiven mit dem freundlichen Mitarbeiter (oder natürlich die freundliche Mitarbeiterin; an dieser Stelle möchte ich mich dafür entschuldigen, dass ich nicht auf männliche und weibliche Spezies gleichermaßen hinweise und klarstellen, dass dies nicht von Bedeutung, sondern allein meiner Schreibfaulheit zuzu-

schreiben ist) zu besprechen. Jetzt kommen Ihre Schätze zum Einsatz. Benutzen Sie den Schnaps als After Shave. Aber bitte nicht übertreiben, sonst wird es unglaubwürdig. Gehen Sie mindestens 3 Tage vor dem Termin nicht Duschen und Waschen Sie sich nicht. Am besten ist, Ihre Haare kleben förmlich an Ihnen. Bevor Sie Ihre Wohnung verlassen, gurgeln Sie noch einmal kräftig mit dem Schnaps. Wenn Sie auf dem Weg zur ARGE viel frische Luft bekommen, nehmen Sie sich am besten eine kleine Flasche mit - nur so zur Sicherheit. Und gurgeln Sie noch einmal unmittelbar bevor Sie das Gebäude der ARGE betreten. Sie können sich selber nicht riechen? Gut so. Glauben Sie mir, die anderen Wartenden im Vorzimmer bzw. auf dem Flur der ARGE sicher auch nicht. Daher machen sie Ihnen auch gern Platz. Wenn Sie letztendlich dem ARGE-Mitarbeiter gegenübersitzen, seien Sie sehr interessiert, lächeln Sie. Beugen Sie sich ruhig ein wenig zu ihm rüber, damit er Ihren "guten Duft" wahrnehmen kann. Fahren Sie sich mit Ihrer "Schreibhand" ein paar mal durch die Haare, die ja so an Ihnen hängen. Und vergessen Sie bloß nicht, dem Mitarbeiter der ARGE zum Abschied die Hand zu reichen. Höflichkeit muss sein....

Sie fragen sich, was das mit der Genehmigung von Sozialleistungen zu tun haben soll? Habe ich mich auch.

Tatsache ist, dass die geschulten oder eben nicht geschulten Mitarbeiter der ARGE Menschen sind. Natürlich ganz ohne Vorurteile und vollkommen unvoreingenommen. Die Mitarbeiter sind eben keine Computer (auch wenn ich in einem späteren Kapitel wieder das Gegenteil behaupten werde). Sie sind Menschen wie Sie, liebe Leser und ich. Seien Sie ehrlich: Würden Sie einem so ungepflegten Menschen, der offenbar noch ein Alkoholproblem hat; noch nie in seinem Leben gearbeitet hat; geschweige denn, eine Ausbildung. Würden Sie diesem zutrauen, dass er es schaffen kann, eine Arbeitsstelle nicht nur anzunehmen sondern auch in Zukunft zu arbeiten? Würden Sie von diesem erhoffen, dass er sinnvolle Bewerbungen schreibt oder mit sinnigen oder unsinnigen Schulungen sein Leben zu meistern lernt?

Sehen Sie! Und schon bekommt Herr Schmarotzer seinen Bescheid und Sozialleistungen für die nächsten 6 Monate bewilligt, ohne sich anstrengen zu müssen.

Nun, Papa Staat, vielleicht sollte einmal darüber nachgedacht werden, dass in solchen Personen mehr Potential steckt, als es auf den ersten Blick den Anschein hat.....

Allerdings muss ich auch hier wieder darauf hinweisen, dass im eigentlichen Grundgedanken des SGB II auch solche Schmarotzer Berücksichtigung finden. So wird in § 16 a SGB II ausdrücklich auf die kommunalen Eingliederungsleistungen hingewiesen. Allerdings beinhaltet dieser Paragraph das entscheidende Wörtchen „können“. Es ist demnach eine Ermessensfrage des zuständigen Sachbearbeiters bzw. Fallmanagers, ob dieser Paragraph bei Herrn Schmarotzer zur Anwendung kommt.

§ 16 a SGB II
„Zur Verwirklichung einer ganzheitlichen und umfassenden Betreuung und Unterstützung bei der Eingliederung in Arbeit

<u>können</u> die folgenden Leistungen, die für die Eingliederung des erwerbsfähigen Hilfebedürftigen in das Erwerbsleben erforderlich sind, erbracht werden: 1. Die Betreuung minderjähriger oder behinderter Kinder oder die häusliche Pflege von Angehörigen, 2. die Schuldnerberatung, 3. die psychosoziale Betreuung, 4. die <u>Suchtberatung</u>."

4. Kapitel
freundliche Mitarbeiter

Wie zuvor schon ausgeführt, sollen Hartz-IV-Empfänger darin unterstützt und gestärkt werden, von den Sozialleistungen wieder unabhängig zu werden. Da sie dies offenbar nicht allein schaffen (sonst stünden sie ja in Arbeit und wären nicht von den Leistungen abhängig) wird ihnen ein Ansprechpartner, auch Fallmanager genannt bzw. ARGE-Mitarbeiter an die Seite gestellt. Wie alles andere auch, ist dies ebenfalls im Gesetzestext geregelt.

„§ 4 SGB II – Leistungsarten - (1) Die Leistungen der Grundsicherung für Arbeitssuchende werden in Form von 1. Dienstleistungen, insbesondere durch Information, Beratung und umfassende Unterstützung durch einen persönlichen Ansprechpartner mit dem Ziel der Eingliederung in Arbeit, 2. Geldleistungen, insbesondere zur Eingliederung der erwerbsfähigen Hilfebedürftigen in Arbeit und zur Sicherung des Lebensunterhalts der erwerbsfähigen Hilfebedürftigen und der mit ihnen in einer Bedarfsgemeinschaft lebenden Personen, und 3. Sachleistungen erbracht. (2) Die nach § 6 zuständigen Träger der Grundsicherung für Arbeitssuchende wirken darauf hin, dass erwerbsfähige Hilfebedürftige und die mit ihnen in einer Bedarfsgemeinschaft lebenden Personen die erforderliche Beratung und Hilfe anderer Träger, insbesondere der Kranken- und Rentenversicherung, erhalten."

Wenn man sich diesen Gesetzestext durchliest, so verwundert es meiner Ansicht nach noch mehr, wie solche Fälle, wie in Kapitel 2 und noch in folgenden

Kapiteln aufgeführt, überhaupt möglich werden. Noch mehr verwundert es, wenn Hartz-IV Empfänger darüber berichten, dass ihnen von ARGE-Mitarbeitern förmlich gedroht wird, dass sie entweder das tun, was der Mitarbeiter ihnen sagt, oder sie die Leistungen gekürzt oder gestrichen bekommen. So berichtete jemand davon, dass der ARGE-Mitarbeiter sich ihm gegenüber wie folgt äußerte: *„Stellen Sie sich vor, ich bin Ihr Chef. Und wenn ich Ihnen sage, Sie unterschreiben das, dann unterschreiben Sie. Andernfalls streiche ich Ihnen das Geld!"*

Beängstigend dabei – er kann es. Der ARGE-Mitarbeiter kann die Leistungen streichen oder kürzen, wenn der Hartz-IV Empfänger sich nicht an seine Anweisungen hält. Ob allerdings die „Anweisungen" rechtens waren…eine Ermessensfrage…

§ 4 = Beratung, Information.?

In den bisherigen Kapiteln habe ich von den freundlichen Mitarbeitern der ARGE gesprochen…

Sie haben aber auch bereits ganz andere Erfahrungen gemacht? Viele andere Hilfeempfänger teilweise, um nicht zu sagen, des Öfteren auch. Ganz andere. Ich möchte dennoch ausdrücklich darauf hinweisen, dass man bei der ARGE auch wirklich freundliche und kompetente Mitarbeiter antrifft. Wenn Sie also ARGE-Mitarbeiter, freundlich, zuvorkommend, hilfsbereit und menschlich sind, dann können Sie dieses Kapitel lesen, ohne sich hiervon persönlich angesprochen zu fühlen. Sollten Sie sich von diesem Kapitel jedoch persönlich angesprochen fühlen, dann schlage ich vor, Sie überdenken noch einmal Ihr Verhalten am Arbeitsplatz. Und bitte vergessen Sie nicht, dass Sie es bei Leistungsempfängern mit Menschen zu tun haben; mit einzelnen Schicksalen.

Gestatten Sie mir an dieser Stelle einen kleinen Hinweis: Für jemanden, der nur 359 € monatlich für Strom, Versicherungen, Telefon, Bewerbungsschreiben, Arztkosten, Medikamente, Brillen, Zahnersatz, Fahrtkosten, Frisör, Kleidung, Kosmetika, Wasch- und Putzmittel und bitte die Lebensmittel nicht zu vergessen zur Verfügung hat, sind auch 10 € (geschweige denn 100 €) verdammt viel Geld!

Sie werden beim Lesen sicher mit der Zeit bemerken, dass ich mich hier und da über Hartz-IV-Empfängern widerfahrene Ungerechtigkeiten aufrege. Das liegt wahrscheinlich mit darin begründet, dass ich auch in meinem Freundes- und Bekanntenkreis von den ungeheuerlichsten, zum Teil traurigen, zum Teil aber auch erstaunlichsten Geschichten höre.

Einmal habe ich sogar selber die Erfahrung machen müssen, wie unter Umständen mit einem umgesprungen wird, wenn man sich an den "verkehrten" Mitarbeiter der ARGE wendet. So sollte eine Freundin von mir (alleinerziehende Mutter; stundenweise arbeitend) an einer Schulung teilnehmen. Eine solcher Schulungen, in denen man lernt zu Kochen, zu Putzen, zu Nähen, Einzukaufen.... Ja, Sie lesen richtig! Wenn Sie bisher der Ansicht waren, dass man auch ohne Schulung Kochen, Putzen und Einkaufen können sollte. Wenn Sie die Ansicht vertreten, dass derjenige, der dies nicht im Elternhaus mit auf den Weg bekommen hat, auch nicht in einer Schulung lernt; wenn Sie sich fragen, was das mit Arbeitslosigkeit zu tun hat... Ich auch.

Hier muss ich Ihnen aber jetzt doch so ganz versteckt die Frage stellen: Wo liebe Leser, bleibt denn bitte Ihre bisherige Einstellung? Hartz-IV-Empfänger wird nur, wer asozial ist, keine vernünftige Schulbildung hat und zu faul zum Arbeiten? Sie fangen doch nicht etwa an, Ihre bisherige Einstellung zu überdenken? Vor allem, wenn ich Ihnen erzähle, dass auf solche Schulungen auch Menschen wie meine Freundin geschickt werden, die gelernte Schneiderin ist und so gut Kochen kann, dass ich sie jederzeit für einen Cateringservice vor-schlagen würde. Ganz abgesehen davon, dass sie stun-denweise arbeitet - als Reinigungskraft in einem Hotel. Dennoch, sie ist auf ergänzende Leistungen nach SGB II angewiesen, um sich und ihre Tochter ausreichend versorgen zu können.

Die ARGE hielt es nunmehr für sinnvoll (man will sie ja schließlich wieder in eine feste Arbeit bringen) diese, meine Freundin, auf solch eine Schulung, wie oben beschrieben, zu schicken. Das Problem hierbei war nur, dass sie dann ja nicht stundenweise als Reini-gungskraft arbeiten kann, wenn sie während ihrer Ar-beitszeit auf der Schulung ist. Sie hätte demnach ihren 400€-Job verloren. Diese 400 € werden ihr aber auf ihre Hartz-IV Leistungen angerechnet, so dass sie ihr Einkommen von den Leistungen zum Teil abgezogen bekommt.

Was, liebe Leser, hätten Sie an ihrer Stelle getan? Wie hätten Sie sich verhalten, wenn Sie einerseits seitens der ARGE mitgeteilt bekommen, Sie müssen zu dieser Schulung (siehe hierzu Kapitel 5 - Eingliederungshilfe), sonst werden Ihnen die Leistungen um 30% gekürzt oder sogar gestrichen. Sie andererseits aber dann Ihren 400€-Job verlieren, den Sie auch nicht verschuldet verlieren dürfen. Ganz abgesehen davon, dass Ihnen diese 400 € in dem kommenden Monat fehlen. Denn wenn Sie bisher dachten, dass die ARGE selbstverständlich den Betrag umgehend ausgleicht. Nein, das macht sie nicht. Also, was würden Sie tun?

Meine Freundin hat mich gebeten, mit ihrem Sachbearbeiter bei der ARGE zu sprechen. Denn unabhängig davon, dass die Mitarbeiter telefonisch fast nicht erreichbar sind, haben auch viele Hartz-IV-Empfänger ganz simpel und einfach Angst vor der ARGE. Sie sind nämlich von deren Wohlwollen im wahrsten Sinne des Wortes abhängig. Meine Freundin meinte, ich sei diplomatischer wie sie, und könne besser ausdrücken, worin ihr Problem mit der Schulung läge. Sie wollte sich ja nicht vor der Schulung drücken oder nichts dafür tun, eine andere Arbeitsstelle zu finden. Ihr ging es darum, dass sie sich zwischen Schulung und 400€-Job entscheiden sollte.

Selbstredend habe ich gern den Anruf für meine Freundin getätigt. Allerdings nur, um danach eine neue Akte im Büro anzulegen mit einer Stinkwut im Bauch und der Bitte an meinen Chef, dem Mitarbeiter der ARGE mal so richtig in den Hintern zu treten. Dieser "freundliche" Mitarbeiter war nämlich der Ansicht, dass es doch nicht schlimm sei, wenn meine Freundin mal einen Monat nicht Putzen gehen würde. Schließlich seien solche Schulungen wichtig. Meinen Hinweis darauf, dass sie dann wahrscheinlich ihren 400€-Job verliert, als ihr Arbeitgeber wohl kaum Verständnis für eine solche Schulung hat, nahm der Sachbearbeiter wirklich ernst. Er schlug vor, dass sie dann nachmittags oder abends Arbeitet. Meine weitere Frage, was sie dann nachmittags bzw. abends mit ihrer Tochter macht, nahm er ebenfalls ernst. Er erwiderte, dass sie ja weniger Stunden arbeiten könnte. Dann würde sie halt mal einen Monat auf 200 € oder so verzichten müssen. Das sei doch nicht schlimm.

Ich entschuldige mich hiermit in aller Form für meine dem Sachbearbeiter hierauf gegebene Erwiderung: "*So großkotzig kann nur jemand reden, der sich mit seinem Einkommen den Hintern abwischen kann und dessen Lebensunterhalt gesichert ist.*"

Meine Freundin hat letztendlich die Schulung nur tageweise besucht. Nämlich an den Tagen, an denen sie nicht gearbeitet hat. Die Schulung hat ihr viel gebracht. Sie arbeitet immer noch auf 400€-Basis als Reinigungskraft in einem Hotel. Dafür hat sie aber gelernt und weiß es jetzt ganz sicher, dass man ein Tuch, mit dem man die Toilette putzt, nicht zum Spülen verwendet!

Nun, liebe Leser, so etwas Sinnvolles und Arbeitsunterstützendes lernt man zumindest in manchen dieser Schulungen. Und ja, dafür werden Ihre Steuergelder verwendet!

An dieser Stelle möchte ich aber ausdrücklich darauf hinweisen, dass es sicherlich auch sinnige Schulungen gibt. Und einen Sinn erfüllen solche Schulungen auf jeden Fall. Womit wir beim nächsten Kapitel wären.

5. Kapitel
Arbeitsvermittlung

Die Umstellung von Sozialhilfe auf Hartz-IV diente - siehe vorherige Kapitel - ursprünglich dem Sinn und Zweck, Sozialhilfeempfänger wieder in Arbeit zu vermitteln anstatt wie bisher einfach nur Sozialhilfe/Gelder zu zahlen.

Im Grunde genommen eine gute Idee. Nur leider - wie zuvor schon erwähnt - hat es die Regierung offensichtlich versäumt, alle Mitarbeiter auch entsprechend zu Schulen und Auszubilden. Die Mitarbeiter der ARGE sowie der Bundesagentur für Arbeit sollen die Leistungsempfänger so qualifizieren, dass diese auf dem allgemeinen Arbeitsmarkt wieder von Interesse sind. Diese Mitarbeiter werden auch "Fallmanager" genannt. Fallmanager klingt auf jeden Fall besser, als Mitarbeiter (...*ich muss zu meinem Fallmanager um mit diesem meine beruflichen Perspektiven zu durchleuchten...*).

Die Fallmanager haben zur Qualifizierung und Arbeitsvermittlung der Sozialleistungsempfänger verschiedene Möglichkeiten, wie z. B. Eingliederungsvereinbarungen, Schulungen, 1€-Jobs usw. in ihrem Repertoire. Ferner haben sie gelegentlich bei Zeitarbeitsfirmen Stellen für Hartz-IV-Empfänger zur Verfügung.

Leider sagt das Wort "Fallmanager" aber nichts anderes aus, als dass der ARGE-Mitarbeiter Ihren Fall managt. Die Bezeichnung bedeutet nicht etwa, dass dieser Mitarbeiter automatisch eine besondere Ausbildung genossen hat, oder Sie es hier mit einem Manager zu tun haben der Sie betreut. Aber es klingt durchaus gut.

Da die Fallmanager nun einmal keine Manager sind (es sei denn zufällig), hat sich die Regierung etwas einfallen lassen, um diesen das Management zu erleichtern. Die "*Eingliederungsvereinbarung*"!

Für alle, die gerade keinen Duden zur Hand haben: Vereinbarung = eine Abmachung treffen, etwas absprechen, Übereinstimmung erzielen.

Es wird mir wohl niemand widersprechen, wenn ich behaupte, dass eine Eingliederungsvereinbarung demnach eine übereinstimmende Absprache zwischen ARGE-Mitarbeitern und Sozialleistungsempfängern ist, mit dem Sinn, letzteren wieder ins Arbeitsleben einzugliedern. Eingliedern = Aufnahme; Integration in ein bereits bestehendes Ganzes.

Theoretisch sind wir uns also einig. Praktisch herrscht allerdings offensichtlich zwischen Sozialleistungsempfängern und Fallmanagern eine weit auseinander gehende Meinung darüber, welche Bedeutung "Übereinstimmung" bzw. "Absprache" haben. Während laut Duden, dem ich mich hier in meiner Meinung anschließen möchte, die Worte bedeuten, dass man etwas mit jemandem bespricht und somit eine Meinung bildet. Bedeutet das Wort "Vereinbarung" für die Fallmanager erfahrungsgemäß eher: *"Unterschreiben Sie, oder ich kürze Ihnen die Leistungen!"*.

Dies scheint leider gängige Praxis in den ARGE-Stellen zu sein. Insofern haben bereits viele Hartz-IV-Empfänger davon berichtet, dass ihnen nichts anderes übrig blieb, als die "Vereinbarung" zu unterschreiben. Mehrfach wurde berichtet, dass sich Leistungsempfänger regelrecht genötigt fühlten, ihre Unterschrift unter eine solche "Eingliederungsvereinbarung" zu setzen. Deshalb möchte ich an dieser Stelle Hartz-IV-Empfängern einen kleinen Rat mit auf den Weg geben:

Niemand! kann Sie zu einer Unterschrift zwingen.

Leider ist es nicht ganz so…

Als Hartz-IV Empfänger dürfen Sie sich dem Zustandekommen einer Eingliederungsvereinbarung nicht entziehen.

Allerdings ist es Ihr gutes Recht, eine "Vereinbarung" erst in Ruhe zu lesen und dann über deren Inhalt zu sprechen. Sie müssen diese nicht innerhalb von 2 Minuten gelesen, verstanden und unterschrieben haben. Auch dürfen Sie einzelnen, individuell zu vereinbarenden Punkten widersprechen. Gleichfalls dürfen Sie Ihren Fallmanager mit Fragen löchern, wenn Sie eine oder mehrere Punkte der Eingliederungsvereinbarung nicht verstanden haben. Wenn in einer Eingliederungsvereinbarung z. B. steht, dass Sie 30 Bewerbungen im Monat vorweisen müssen, dann dürfen Sie guten Gewissens davon ausgehen, dass der Arbeitsmarkt in Ihrer Stadt viele freie Stellen für Sie bietet. (Wo sollten Sie sich sonst auch bewerben.) Der Fallmanager wird im Gegenzug sicherlich auch in eine solche Vereinbarung mit aufnehmen, dass er sich verpflichtet, Ihnen mindestens 10 Jobangebote im Monat zukommen zu lassen.

Seien Sie freundlich und besprechen Sie mit Ihrem Fallmanager die Vereinbarung. Das ist Ihr gutes Recht. Denn der Fallmanager wird unter anderem dafür von Steuergeldern bezahlt, dass er Sie wieder in einen Job vermittelt. Wie das Wort "Vereinbarung" schon aussagt, handelt es sich nicht einfach um eine Auflage, die

Sie erfüllen müssen, was Sie mit Ihrer Unterschrift bestätigen, zur Kenntnis genommen zu haben. Sondern eben um eine Absprache die Sie mit dem Fallmanager auf Ihre persönlichen Begebenheiten abgestimmt haben.

Der Fallmanager ist sozusagen verpflichtet, mit Ihnen eine solche Vereinbarung zu treffen. Weder er noch Sie dürfen demnach die Unterschrift verweigern. Zumal Sie in dieser Vereinbarung auch auf allgemeine rechtliche Dinge hingewiesen werden. Die Eingliederungsvereinbarungen der einzelnen Städte unterscheiden sich zwar im Schriftbild und eventuell auch in der Reihenfolge bzw. in unwesentlichen Punkten. Aber im Großen und Ganzen sind diese identisch. Der Gesetzgeber legt offensichtlich großen Wert auf die Eingliederungsvereinbarung, als diese mehrfach im SGB II erwähnt und Richtlinien bzw. Gesetze in verschiedenen Paragraphen mit aufgenommen wurden.

§ 2 SGB II beispielsweise beinhaltet: *„Erwerbsfähige Hilfebedürftige…. müssen alle Möglichkeiten zur Beendigung oder Verringerung ihrer Hilfebedürftigkeit ausschöpfen. Der erwerbsfähige Hilfebedürftige muss aktiv an allen Maßnahmen zu seiner Eingliederung in Arbeit mitwirken, insbesondere eine Eingliederungsvereinbarung abschließen….“*

§ 31 SGB II wird gänzlich der Eingliederungsvereinbarung bzw. der Sanktionen gewidmet, die ein Nichteinhalten der Eingliederungsvereinbarung zur Folge haben. Hier sind die Konsequenzen festgelegt, die zu treffen sind, wenn ein Hartz-IV-Empfänger sich weigert, eine solche Vereinbarung zu unterschreiben bzw.

sich nicht an diese hält. Es fiel bei der Recherche für dieses Buch augenscheinlich auf, dass kein anderer Paragraph so umfangreich scheint, wie dieser. Und genau die hierin festgehaltenen Konsequenzen (als Sanktionen tituliert) beinhaltet eine Eingliederungsvereinbarung. Insoweit habe ich mir die Mühe erspart, diesen Paragraphen hier vollständig aufzuführen. Dennoch erlauben Sie mir noch einmal meine Verwunderung darüber zum Ausdruck zu bringen, wie kurz zum einen § 4 SGB II gehalten wird (siehe Kapitel 4) und wie viel Gesetzestext für die Eingliederungsvereinbarung herhalten muss. Zumal der eigentliche Gesetzestext zur Eingliederungsvereinbarung in § 15 aufgeführt ist.

§ 15 SGB II – Eingliederungsvereinbarung
„(1) Die Agentur für Arbeit soll <u>im Einvernehmen</u> mit dem kommunalen Träger <u>mit jedem erwerbsfähigen Hilfebedürftigen</u> die für seine Eingliederung erforderlichen Leistungen <u>vereinbaren</u> (Eingliederungsvereinbarung). Die Eingliederungsvereinbarung soll insbesondere bestimmen, 1. welche Leistungen der Erwerbsfähige zur Eingliederung in Arbeit erhält, 2. welche Bemühungen der erwerbsfähige Hilfebedürftige in welcher Häufigkeit zur Eingliederung in Arbeit mindestens unternehmen muss und in welcher Form er die Bemühungen nachzuweisen hat, 3. welche Leistungen Dritter, insbesondere Träger anderer Sozialleistungen, der erwerbsfähige Hilfebedürftige zu beantragen hat. …“

Denken Sie aber immer daran - der Inhalt der Punkte 1. bis 4. der gleich dargestellten Eingliederungsvereinbarung definiert sich aus den getroffenen <u>Absprachen</u>, die zu einer Übereinstimmung geführt haben (sollten).

Damit sich jeder konkret etwas unter einer solchen Eingliederungsvereinbarung vorstellen kann, müssen Sie, liebe Leser, jetzt lesen, lesen, lesen…

Eingliederungsvereinbarung:
1. Zwischen wem wird die Vereinbarung getroffen (ARGE-Hartz IV Empfänger);
2. was sind die Ziele der Vereinbarung - individuell;
3. der Träger…ARGE…. unterstützt Sie mit folgenden Leistungen zur Eingliederung (z. B. Aufnahme des Bewerbungsprofils in www. bundesagentur) - individuell;
4. die Bemühungen, die der Sozialleistungsempfänger zu erbringen hat (z. B. Nutzung des Internets zur Stellensuche; 30 Bewerbungen/Monat vorzuweisen) - individuell;
5. vorgefertigter, nicht individueller Teil der Vereinbarung, den auch Sie sicher nicht "mal eben" durchgelesen bekommen - wie folgt:

"Sollte aufgrund von wesentlichen Änderungen in Ihren persönlichen Verhältnissen eine Anpassung der vereinbarten Maßnahmen und Pflichten erforderlich sein, sind sich die Vertragsparteien darüber einig, dass eine Abänderung dieser Eingliederungsvereinbarung erfolgen wird. Das gleiche gilt, wenn sich herausstellt, dass das Ziel Ihrer Integration in den Arbeitsmarkt nur aufgrund von Anpassungen und Änderungen der Vereinbarung erreicht, bzw. beschleunigt werden kann.
Rechtsfolgebelehrung:
Sie können nach dem Sozialgesetzbuch Zweites Buch (SGB II) zwar eine Förderung beanspruchen, daneben sind Sie aber in erster Linie selbst gefordert, konkrete Schritte zu unternehmen.

Sie sind verpflichtet, sich selbständig zu bemühen, Ihre Hilfebedürftigkeit zu beenden und aktiv an allen Maßnahmen mitzuwirken, die dieses Ziel unterstützen.

Das Gesetz sieht bei pflichtwidrigem Verhalten unterschiedliche Leistungskürzungen vor. Die Leistung kann danach - auch mehrfach nacheinander oder überschneidend - gekürzt werden oder ganz entfallen.

<u>Grundpflichten</u>

1.

Eine Verletzung Ihrer Grundpflichten liegt vor, wenn Sie sich weigern

-eine Ihnen angebotene Eingliederungsvereinbarung nach § 15 SGB II abzuschließen,

-die in der Eingliederungsvereinbarung festgelegten Pflichten zu erfüllen, insbesondere in ausreichendem Umfang Eigenbemühungen nachzuweisen;

-eine zumutbare Arbeit, Ausbildung, Arbeitsgelegenheit, eine mit Beschäftigungszuschuss geförderte Arbeit, ein zumutbares Sofortangebot oder eine sonstige in der Eingliederungsvereinbarung festgelegte Maßnahme aufzunehmen oder fortzuführen oder

-Sie eine zumutbare Maßnahme zur Eingliederung in Arbeit abbrechen oder Anlass für den Abbruch geben.

2.

Bei einer Verletzung der Grundpflichten wird das Arbeitslosengeld II um 30% der für Sie maßgebenden Regelleistung zur Sicherung des Lebensunterhaltes nach § 20 SGB II abgesenkt. Ein eventuell bezogener Zuschlag nach § 24 SGB II (Zuschlag nach Bezug von Arbeitslosengeld) entfällt für den Zeitraum der Minderung.

3.

Bei der ersten wiederholten Verletzung der Grundpflichten wird das Arbeitslosengeld II um 60'% der für Sie maßgebenden

Regelleistung abgesenkt. Bei jeder weiteren wiederholten Pflichtverletzung entfällt der Anspruch auf Arbeitslosengeld II vollständig. Im Einzelfall kann die Minderung auch für weitere wiederholte Pflichtverletzungen auf 60% beschränkt werden, sofern Sie sich nachträglich bereit erklären, Ihren Pflichten nachzukommen.
Eine wiederholte Pflichtverletzung liegt nicht vor, wenn der Beginn des vorangegangenen Sanktionszeitraums länger als ein Jahr zurückliegt.

<u>Meldepflichten</u>
4.
Sie sind auch verpflichtet, sich bei Ihrem Träger oder einer sonstigen Dienststelle des Trägers persönlich zu melden und ggf. zu einer ärztlichen oder psychologischen Untersuchung zu erscheinen, falls Ihr Träger Sie dazu auffordert (Meldepflichten).
5.
Eine Verletzung der Meldepflicht kann ebenfalls zu einer Minderung des Arbeitslosengeldes II führen.

<u>Gemeinsame Vorschriften</u>
6.
Absenkung und Wegfall dauern drei Monate und beginnen mit dem Kalendermonat nach Zugang des entsprechenden Bescheides über die Sanktionen. Während dieser Zeit besteht kein Anspruch auf ergänzende Hilfen nach dem Zwölften Buch Sozialgesetzbuch (Sozialhilfe).
7.
Sanktionszeiträume wegen Verletzung von Grund- und Meldepflichten können sich überschneiden.
(Beispiel: 10% Kürzung aufgrund erster Verletzung der Meldepflicht vom 01.05. bis 31.07. und 30% Kürzung aufgrund einer Verletzung der Grundpflichten vom 01.06. bis 31.08.).

In den Überschneidungsmonaten werden die Minderungsbeträge addiert.
8.
Die Absenkung des Arbeitslosengeldes II und der Wegfall des Zuschlags treten nicht ein, wenn Sie für die Pflichtverletzung einen wichtigen Grund nachweisen können.
9.
Bei einer Minderung der Regelleistung um mehr als 30% können Ihnen ggf. ergänzende Sachleistungen oder geldwerte Leistungen erbracht werden. Diese werden in der Regel erbracht, wenn minderjährige Kinder in der Bedarfsgemeinschaft leben.
10.
Bei vollständigem Wegfall des Anspruchs auf Arbeitslosengeld II werden auch keine Beiträge zur Kranken- und Pflegeversicherung abgeführt. Der Versicherungsschutz lebt wieder auf, wenn ergänzende Sachleistungen gewährt werden.
11.
Ihren Grund- und Meldepflichten müssen Sie auch während eines Sanktionszeitraumes nachkommen, auch wenn der Anspruch wegen einer Sanktion vollständig weggefallen ist.
Hinweis: Die maßgeblichen gesetzlichen Vorschriften können Sie bei den Trägern der Grundsicherung einsehen.

Ich bin verpflichtet, Änderungen (z.B. Krankheit, Arbeitsaufnahme, Umzug) unverzüglich mitzuteilen (siehe Merkblatt....).
Bitte beachten Sie, dass für einen Aufenthalt außerhalb des zeit- und ortsnahen Bereiches des Hilfebedürftigen vorab immer die Zustimmung Ihres persönlichen Ansprechpartners benötigt wird.
Halten Sie sich innerhalb des zeit- und ortsnahen Bereiches auf, muss sichergestellt sein, dass Sie persönlich an jedem Werktag an Ihrem Wohnsitz oder gewöhnlichen Aufenthalt unter der von Ihnen benannten Anschrift (Wohnung) durch Briefpost erreich-

bar sind. Diese müssen Sie Ihrem persönlichen Ansprechpartner mitteilen. Bei einer unangemeldeten oder unerlaubten Ortsabwesenheit entfällt mit dem ersten Tag der Ortsabwesenheit Ihr Anspruch auf Arbeitslosengeld II, auch bei nachträglichem Bekanntwerden. Wird ein genehmigter auswärtiger Aufenthalt unerlaubt verlängert, besteht ab dem ersten Tag der unerlaubten Ortsabwesenheit kein Anspruch auf Leistungen mehr.
Nähere Informationen finden Sie im Merkblatt....

Die Eingliederungsvereinbarung wurde mit mir besprochen. Unklare Punkte und die möglichen Rechtsfolgen wurden erläutert. Ich bin mit dem Inhalt der Eingliederungsvereinbarung einverstanden und habe ein Exemplar erhalten. Ich verpflichte mich, die vereinbarten Aktivitäten einzuhalten und beim nächsten Termin über die Ergebnisse zu berichten."

Jetzt ist Ihnen sicherlich verständlicher, warum zu integrierende Immigranten einen Deutsch-Sprachkurs absolvieren müssen...!

Schon fast irrwitzig wird es, wenn auf Seite 1 einer Eingliederungsvereinbarung (individuelle Vereinbarung) festgehalten wird, dass der Hilfeempfänger sich verpflichtet, einen Sprachkurs der deutschen Sprache zu absolvieren, als er die Sprache wirklich so gut wie gar nicht spricht oder versteht. Der gleiche Hilfeempfänger dann allerdings unter den letzten Absatz der Vereinbarung seine Unterschrift setzt „...*Die Eingliederungsvereinbarung wurde mit mir besprochen. Unklare Punkte und die möglichen Rechtsfolgen wurden erläutert...*"

In welcher Sprache mag das wohl geschehen sein?!

Seien Sie ehrlich, liebe Leser, haben Sie die Vereinbarung konzentriert und bewusst gelesen? Dann können Sie jetzt Fragen danach beantworten, wann Ihnen welche Leistungen gekürzt oder gestrichen werden; wann Beiträge zur Kranken- und Pflegeversicherung nicht abgeführt werden; wann Ihnen geldwerte Leistungen eventuell zustehen bzw. was das bedeutet?

Wenn nicht, lesen Sie den Text ruhig noch einmal. Lassen Sie sich dabei Zeit. Sie haben diese Zeit…

Übersehen Sie beim Verstehen der obigen "Vereinbarung" aber bitte nicht, dass es im Ermessen des Fallmanagers (Ansprechpartners) liegt, welche individuellen Ziele, Unterstützungen, Eigenbemühungen bzw. Vereinbarungen (Punkte 2. bis 4.) getroffen wurden, die dann unter Androhung von Sanktionen einzuhalten sind. Ebenso bestimmt der ARGE-Mitarbeiter, ob er einen Verstoß hiergegen als gegeben sieht. Z. B., wenn ein Hilfeempfänger eine Schulung abbricht, weil ihm das Fahrgeld ausgegangen ist und die Bearbeitung seines Antrages auf Erstattung der Fahrtkosten dauert und dauert; durchaus ein halbes Jahr.....

Daher hier eine kleine Empfehlung von Mensch zu Mensch.

Sollten Sie eine solche Vereinbarung als Hartz-IV Bezieher vorgelegt bekommen, nehmen Sie sich die Eingliederungsvereinbarung mit nach Hause und lesen Sie sich diese in Ruhe durch. Streichen Sie sich Punkte, die Sie nicht verstanden haben an. Machen Sie sich in Ruhe Gedanken darüber, was von Ihnen erwartet wird und ob Sie diese Erwartung für realistisch halten. Ebenso, was der Fallmanager Ihnen an Leistungen, Schulungen, Fortbildungen und dergleichen anbietet.

Verweigern Sie nicht die Unterschrift unter einer Eingliederungsvereinbarung. Nehmen Sie sich diese vielmehr, nachdem Sie sie zu Hause eingehend durchgesehen haben zum nächsten Termin bei Ihrem Fallmanager wieder mit und besprechen Sie die unklaren Punkte mit ihm. Bedenken Sie, dass Sie am Ende der Vereinbarung mit Ihrer Unterschrift bestätigen, dass Sie den Inhalt der Eingliederungsvereinbarung <u>verstanden</u> haben.

Bei der in meiner Stadt zuständigen ARGE hat es sich offenbar herumgesprochen, dass einigen Hilfeempfängern obige Empfehlung mit auf den Weg gegeben wurde

Manch ein Mitarbeiter der ARGE lässt es sich nunmehr nicht nehmen, verdeutlichen zu wollen, wer am „längeren Hebel" sitzt. Man könnte fast den Eindruck gewinnen, dass so manch ein ARGE-Mitarbeiter sauer darüber ist, etwas „seiner Macht" einzubüßen, als ihm Hartz-IV Empfänger nicht mehr eingeschüchtert gehorchen, sondern vielmehr ihr Recht in Anspruch nehmen.

Ich muss fairer Weise erwähnen, dass das Gesetz für solche ARGE-Mitarbeiter auch einen Trumpf geschaffen hat – die Eingliederungsvereinbarung per Verwaltungsakt.

Es scheint fast so, als wollten einige Mitarbeiter demonstrieren, dass das Gesetz auf ihrer Seite steht.

So gestattet es

§ 15 SGB II Abs.1 <u>Satz 2</u>: „…<u>welche Bemühungen der erwerbsfähige Hilfebedürftige</u> in welcher Häufigkeit zur Eingliederung in Arbeit mindestens unternehmen muss und in welcher Form er die Bemühungen nachzuweisen hat; Satz 3:

den Mitarbeitern sogar, eine Eingliederungsvereinbarung durch einen Verwaltungsakt „abzuschließen". Demnach kommt es in letzter Zeit immer häufiger vor, dass Sozialleistungsempfänger eine solche Vereinbarung per Verwaltungsakt zugesandt bekommen. Sie haben zuvor die Unterschrift unter einer Eingliederungsvereinbarung nicht verweigert, aber dennoch auch nicht direkt vor Ort (binnen ca. 2 Minuten) unterschrieben. Auffallend ist nur, wenn bereits 2 Tage nach dem Termin, in dem der entsprechende Harzt-IV Empfänger diese Vereinbarung zur Durchsicht mit nach Hause genommen hat, ihm bereits genau diese Eingliederungsvereinbarung per Verwaltungsakt zugeht. Anders ausgedrückt – der ARGE-Mitarbeiter verzichtet auf die Unterschrift des Hilfebedürftigen und beschließt die Vereinbarung per Verwaltungsakt. Selbstredend, dass in der Regel hiergegen Widerspruch erhoben wird, als dieser Verwaltungsakt (rechtlich einem Bescheid gleichzustellen) zu Unrecht ergangen ist. Über die Kosten, die hierdurch zu Lasten des Steuerzahlers entstehen können, sollte sich der Hartz-IV Empfänger an einen Anwalt wenden, können Sie in Kapitel 12 mehr lesen.

6. Kapitel
Arbeitssuche

Neben der Eingliederungsvereinbarung sind ebenfalls - wie oben schon erwähnt - Schulungen, in denen Menschen lernen sollen, ihren Alltag zu meistern; mit wenig Geld sinnvoll einzukaufen usw. vorgesehen. Manche dieser Schulungen haben den Inhalt, wie ich in Kapitel 4 bereits beschrieben habe. Verstehen zu lernen, dass man ein Toilettentuch nicht zum Spülen verwendet…
Sie stimmen sicher mit mir überein, dass niemand, der ein wenig Selbstachtung hat, gern an solchen Schulungen teilnehmen möchte. Es gibt aber auch Mitarbeiter der ARGE, die für Hilfeempfänger wirklich sinnvolle und gute Schulungen anordnen, die diese in der Folgezeit auch wieder in Arbeit bringen.

Die 1€-Jobs dagegen werden in der Regel von Sozialleistungsempfängern gern ausgeübt. Das glauben Sie nicht? Bitte übersehen Sie nicht, dass es neben Sozialschmarotzern, Arbeitsfaulen und dergleichen auch Leistungsempfänger gibt, die gern gearbeitet haben. Oftmals habe ich von Hilfeempfängern gehört, dass diese froh sind, etwas Sinnvolles tun zu können, gebraucht zu werden, einen sinnvollen Beitrag in der Gesellschaft leisten zu dürfen. Leider wird aber oftmals bei der ARGE vergessen, auf die individuellen Begebenheiten der einzelnen Menschen einzugehen. So kann jemand, der keinen Führerschein hat wohl schlecht als Fahrer Jobben. Jemand mit einem Rückenleiden wohl schlecht als Erdbeerpflücker. Jemand mit massiven Lebensmittelallergien wohl kaum in Großküchen zum Gemüseputzen. Jemand mit knochenbedingter Schwerbehinderung auch nicht als Waldarbeiter usw.

Sie merken schon, um was für 1€-Jobs es sich hier handelt? Obwohl ich dies noch nicht einmal verurteile. Denn ich bin durchaus der Ansicht, dass Leistungsempfänger eine Aufgabe haben sollten. Dass sie einen regelmäßigen Tagesablauf mit festen Arbeitszeiten benötigen. Dass sie das Gefühl vermittelt bekommen müssen, ein wichtiger Bestandteil unserer Gesellschaft zu sein.

Vielleicht habe ich ja das Glück und jemand von der Regierung hat sich dazu motiviert gefühlt, dieses Buch zur Hand zu nehmen und zu lesen. So eine Chance kann ich mir nicht entgehen lassen. Deshalb möchte ich an dieser Stelle eine große Bitte aussprechen, mit der ich sicher nicht allein dastehe:

Schaffen Sie sinnvolle Arbeitsmöglichkeiten für Sozialleistungsempfänger!

Lassen Sie arbeitslose Lehrer in Schulen mithelfen oder bei der Hausaufgabenbetreuung und der Nachhilfe. Denken Sie daran, dass alte Menschen in Alten- und Pflegeheimen nicht nur Gefüttert und Gewaschen werden müssen. Sie freuen sich auch, wenn ihnen jemand einfach nur Gesellschaft leistet oder ein Gesellschaftsspiel mit ihnen spielt. Jugendliche brauchen Erwachsene, die mit ihnen ihr Fahrrad reparieren und ihnen zeigen, was man alles aus Holz, Metall und sonstigen Gegenständen kunstvolles, sinnvolles und spaßmachendes Bauen kann...

So viele Menschen könnten so viel Sinnvolles tun. Dürfen es aber noch nicht einmal. Denn Sie, liebe Regierung, haben dafür gesorgt, dass ihnen dies schon von Gesetzes wegen her verwehrt wird. Leistungsempfänger bzw. Arbeitslose dürfen sich noch nicht einmal zu sozialen, regelmäßigen Diensten verpflichten. Denn sie müssen laut Gesetz dem Arbeitsmarkt jederzeit zur freien Verfügung stehen. Sonst bekommen sie ihre Leistungen gestrichen oder zumindest gekürzt. Ist das nicht Irrsinn? Wenn ein Leistungsempfänger 2 oder 3 Mal telefonisch seitens des ARGE-Mitarbeiters zu Hause nicht erreicht wurde, wird ihm sofort unterstellt, er würde schwarz Arbeiten. Einladungen von der ARGE kommen zum Großteil so kurzfristig, dass man quasi einen Tag nach Erhalt des Schreibens dort hin muss.

Haben demnach Hartz-IV-Empfänger keinen Anspruch auf Privatleben; nicht das Recht, mal zum Arzt zu gehen? Dürfen sie nicht zum runden Geburtstag ihrer Schwester oder ihres Bruders und dort den ganzen Tag mitfeiern? Haben sie keinen Anspruch darauf mit ihren Kindern am ersten Ferientag einen gemeinsamen Ausflug auf den Waldspielplatz zu machen; mit diesen einen Tag im Schwimmbad zu verbringen?

Mit welchem Recht geht ein ARGE-Mitarbeiter her und lädt eine hilfebedürftige Mutter von 3 Kindern (davon 1 schulpflichtiges und 1nes im Kindergarten) für den ersten Ferientag um 08:00 Uhr zu einem persönlichen Gespräch in die ARGE ein. Und beschwert sich dann bei dieser Mutter, dass sie ihre Kinder zu dem Termin mitgebracht hat.

Sie meinen, dass das von mir überzogen ist? Dass es so schlimm nun auch wieder nicht wäre? Leider sieht die Realität oft anders aus. Ein Hartz-IV Empfänger hat wirklich quasi 24 Stunden am Tag zu Hause zu sein. Allgemein wird offenbar die Ansicht vertreten, dass er ja nichts zu tun hat und deshalb auch zu Hause bleiben kann. Dass man damit aber Sozialleistungsempfänger aus der Gesellschaft ausgrenzt, ist wohl den wenigsten bewusst. Glauben Sie mir, mir wurden so viele Geschichten bekannt von Hartz-IV Empfängern, bei denen meiner Ansicht nach ein Missstand gegeben ist. Würde ich all diese hier wiedergeben, das Buch würde so dick werden, dass es niemand mehr lesen wollte.

Dennoch möchte ich es auf gar keinen Fall versäumen, auch auf die Stellenangebote der Zeitarbeitsfirmen zu sprechen zu kommen. Ausführungen hierzu behalte ich mir allerdings für ein eventuell weiteres Buch vor, als es derzeit noch der eingehenderen Recherche bedarf, wer beispielsweise im Vorstand einer Agentur für Arbeit vertreten ist, oder war, oder dessen Ehepartner oder Bruder... und wer gleichzeitig bei einer Zeitarbeitsfirma „mitmischt".

Allerdings sei hier schon darauf hingewiesen, dass der Gesetzgeber meiner Ansicht nach eine Möglichkeit geschaffen hat, die allen Rechten von Arbeitnehmern zum Trotz der Wirtschaft einen Aufschwung beschert.

Da ein Sozialleistungsempfänger bekanntlich verpflichtet ist, jede Arbeitsmöglichkeit anzunehmen (es sei denn, dass hiergegen gravierende Gründe – die er nachweisen muss – vorliegen) wird er praktisch jeden

Rechtes beraubt. Es ist mir nicht schlüssig, wie ein solches Potential an rechtlich geschütztem Rechtsmissbrauch geduldet werden kann. Die Arbeitsgemeinschaften (ARGE) arbeiten – was auch von Gesetztes wegen so vorgesehen ist – mit Zeitarbeitsfirmen zusammen. Hier könnte man auch die Meinung vertreten, dass dies eine gute Idee ist. Sicher haben Arbeitslose durch die Beschaffenheit von Zeitarbeitsfirmen durchaus eine Chance, Erfahrungswerte in Berufen zu sammeln und wieder in eine regelmäßige Arbeit zu kommen.

Aber bitte, liebe Leser, machen wir uns doch nichts vor. Die Arbeitgeber wissen über die Konsequenzen, die ein Aufgeben einer Arbeitsstelle durch einen Hartz-IV Empfänger nach sich zieht oftmals besser Bescheid, als ihr bei ihnen angestellter Hartz-IV Empfänger. Wenn ein Hartz-IV Empfänger eine ihm angebotene Arbeit ohne wichtigen Grund (Ermessensauslegung-ARGE-Mitarbeiter) nicht annimmt oder wieder aufgibt, so wird er dafür mit Sanktionen bis hin zur Streichung der Sozialleistungen bestraft (siehe hierzu Kapitel 5-Eingliederungsvereinbarung).

Sollte also ein Arbeitgeber durch eine unerlaubte Handlung einem Arbeitnehmer (Hartz-IV Empfänger) oder einer sonstigen Person Schaden zufügen, so muss sich der Hartz-IV Empfänger genau überlegen, ob er dies hinnimmt. Denn wenn er die unerlaubte Handlung nicht tatsächlich nachgewiesen bekommt, so hat er in der Folgezeit nichts. Keinen Job mehr und auch keine Sozialleistungen. Ein Arbeitgeber würde in einem solchen Fall der ARGE gegenüber sicher nicht zugeben, dass er sich gegenüber dem Arbeitnehmer rechtswidrig verhalten hat. Somit stünde dann das Wort eines „seriösen Geschäftsmannes" gegen das eines Hartz-IV Empfängers.

Oder wie sicher einige von Ihnen zu Beginn des Buches gedacht haben: Das Wort eines Schmarotzers und Arbeitsfaulen gegen das eines Steuerzahlers.

Allerdings braucht man im Grunde genommen gar nicht so weit gehen, dass hier eine unerlaubte Handlung begangen wurde. Nehmen wir stattdessen ein viel einfacheres Beispiel – Arbeitsschutz und Arbeitszeiten. Wie würden Sie als Arbeitnehmer reagieren, wenn von Ihnen verlangt würde, 10 Stunden unter katastrophalen Arbeitsbedingungen ohne Pause durchzuarbeiten? Natürlich kann ich nicht beurteilen, ob Sie zu dem Teil der Bevölkerung gehören, der sich seiner Rechte bewusst ist. Ich kann Ihnen allerdings sagen, wie ein Großteil der Hartz-IV Empfänger reagiert – gar nicht! Er hält seinen Mund und Arbeitet bis er umfällt. Denn nur dann braucht er keine Angst vor Sanktionen durch die ARGE haben.

Somit bekommt § 2 SGB II

„(1) Erwerbsfähige Hilfebedürftige…. <u>müssen alle Möglichkeiten zur Beendigung oder Verringerung ihrer Hilfebedürftigkeit ausschöpfen.</u> Der erwerbsfähige Hilfebedürftige muss aktiv an allen Maßnahmen zu seiner Eingliederung in Arbeit mitwirken, insbesondere eine Eingliederungsvereinbarung abschließen. Wenn eine Erwerbstätigkeit auf dem allgemeinen Arbeitsmarkt in absehbarer Zeit nicht möglich ist, <u>hat der erwerbsfähige Hilfebedürftige eine ihm angebotene zumutbare Arbeitsgelegenheit zu übernehmen.</u> "

eine ganz andere Bedeutung, als wohl vom Gesetzgeber beabsichtigt.

49

7. Kapitel
bessere Kontrolle

Ihnen ist bestimmt auch schon aufgefallen, dass es in letzter Zeit in den Medien immer häufiger heißt: Achtung bzw. Vorsicht Kontrollen. Oder: Ihre Ordnungshüter sind für Sie im Einsatz.

Sicher ist es gut, wenn Steuergelder nicht verpulvert werden. Wir sind uns wohl auch darüber einig, dass Kontrollen sein sollen und müssen. Ich bin ebenfalls dagegen, dass es Personen ermöglicht wird, zu Unrecht bzw. überhöhte Leistungen zu beziehen, indem man Scheinbeziehungen führt oder Scheintrennungen eingeht. Dennoch sollte man auch in diesem Punkt vorsichtig sein, als der offensichtliche Anschein manches Mal trügt. Nicht hinter jedem vermeintlichen Schmarotzer verbirgt sich auch einer. Ein Beispiel dafür, wie schnell Ungerechtigkeit widerfahren kann, möchte ich hier in einer Geschichte erzählen.

Es ist Anfang Dezember, als eine Frau, Hartz-IV-Empfängerin und Mutter von einem lieben Mädchen, einen Anhörungsbogen der ARGE erhält.

Sie erinnern sich? Anhörungsbögen werden von der ARGE an diejenigen verschickt, die nach Ansicht der ARGE zu Unrecht Leistungen bezogen haben.

Sie soll sich binnen zwei Wochen äußern, da der Verdacht besteht, sie würde einer Beschäftigung nachgehen und Einnahmen haben, die sie der ARGE verschwiegen hat (Sozialbetrug). Zwei Tage später (obwohl die Frist zur Anhörung noch nicht abgelaufen ist) erhält sie den Aufhebungsbescheid der ARGE, wonach ihr die Leistungen gestrichen werden. Es ist kurz vor Weihnachten, kurz vor den Feiertagen, als ihr und dem Kind die Leistungen aberkannt werden wegen des Verdachts, sie hätte anderweitige Einnahmen und habe somit keinen Anspruch auf Leistungen nach Hartz-IV.

Sicherlich ist Ihnen, liebe Leser, jetzt ein ähnlicher Gedanke gekommen, wie mir seinerzeit, als ich von (nennen wir sie-Frau Ex) Frau Ex und ihrem Problem hörte: *"Wenn die ARGE ihr die Leistungen streicht, wird sie wohl nicht nur einen Verdacht haben."* Doch ganz so einfach ist es nicht. Im Gegenteil. Es ist eher das traurige Schicksal einer geschiedenen Frau und Mutter von einem noch kleinen Kind, die nach der Trennung von ihrem Mann von Hartz-IV-Leistungen abhängig wurde.

Frau Ex war mit einem Beamten verheiratet. Einem Polizisten. Sie hatte sich von Herrn Ex getrennt und die Scheidung eingereicht. In seiner Eigenschaft als Polizist hatte Herr Ex in der Folgezeit gute Möglichkeiten gehabt, Frau Ex ein wenig zu beobachten. Als Ordnungshüter obliegt es ihm schließlich, dafür Sorge zu tragen, dass alles mit Recht und Ordnung zugeht. So trifft er während seiner Beobachtungen Frau Ex unter anderem auch in einer Kneipe an. Und macht als verantwortlicher Ordnungshüter die ARGE darauf aufmerksam, dass er Frau Ex in dieser Kneipe beim Kellnern beobachtet hat. Auch hat Herr Ex die Beobachtung gemacht, dass das Kind von Frau Ex bei einem anderen Mann (dem Kneipenbesitzer) im Auto mitgefahren ist. Sogar im Schwimmbad wurden Frau Ex, ihr kleines Kind und der Kneipenbesitzer von

Herrn Ex zusammen gesehen. Somit freut sich Herr Ex als pflichtbewusster Ordnungshüter, der ARGE die Mitteilung machen zu können, dass Frau Ex offenbar nicht nur Kellnert sondern auch eine eheähnliche Lebensgemeinschaft mit Herrn Kneipenbesitzer führt.

Frau Ex hatte in der Folgezeit auf Anfrage gegenüber dem ARGE-Mitarbeiter (bei ihrer letzten persönlichen Vorsprache dort) lapidar bestritten, Einkünfte aus einer Tätigkeit zu haben bzw. eine Lebensgemeinschaft zu führen. Sie war sich keiner Schuld bewusst.

Anfang Dezember wird ihr dann klar, dass ein reines Gewissen nicht ausreichend ist. Denn wenn auch jeder von Ihnen - liebe Leser - an dieser Stelle sicherlich bestreitet, eine von Vorurteilen geprägte Meinung zu haben. Seien Sie ehrlich mit sich selbst: Wenn die Aussage eines Beamten, der angibt, dass Frau Ex einer Tätigkeit nachgeht und eine Lebensgemeinschaft führt gegen die einer Hartz-IV-Empfängerin steht - ist dann nicht automatisch an dem Verdacht "schon etwas dran"?

Frau Ex sucht Mitte Dezember absolut verzweifelt und auch wütend ein Anwaltsbüro auf. Zwei Wochen vor Weihnachten und sie weiß nicht, wie sie dem Kind etwas zu Essen kaufen soll. Geschweige denn, dass das Geld für einen Tannenbaum oder gar ein Weihnachtsgeschenk vorhanden gewesen wäre. Der Anwalt hat umgehend mit der ARGE Kontakt aufgenommen und erst einmal die Verwaltungsakte angefordert um nachvollziehen zu können, warum Frau Ex denn überhaupt die Leistungen gestrichen wurden. Frau Ex ist sich nämlich immer noch keiner Schuld bewusst.

Die Akteneinsicht hat ergeben, dass eben Herr Ex die obigen Aussagen bei der ARGE getätigt hatte. Der Anwalt nimmt Rücksprache mit Frau Ex und lässt sich von ihr berichten, wie es zu den Aussagen und Beobachtungen von Herrn Ex kommen konnte.

Nun, liebe Leser, die Sie ja ohne Vorurteile sind - was vermuten Sie? Die Antwort: Frau Ex hat gekellnert!

Der Kneipenbesitzer ist ein guter alter Freund von Frau Ex. Ein Bekannter. Er hat einer Freundin einen Gefallen getan und für Frau Ex deren Wocheneinkauf mit seinem Pkw getätigt. Denn im Gegensatz zu Frau Ex verfügt Herr Kneipenbesitzer über einen Pkw. Dass sich das Kind die Gelegenheit im Auto mitzufahren und einen spaßigen Einkauf zu machen nicht entgehen lassen wollte, ist wohl nachvollziehbar. Frau Ex hat - während Herr Kneipenbesitzer für sie Einkaufen war - so lange die Kneipe "gehütet" und gekellnert; unentgeltlich.

Bei allen Vorurteilen; es gibt auch noch Menschen, die einander einfach helfen. Ohne Hintergedanken und ohne etwas dafür haben zu wollen. Und erlauben Sie mir einen Hinweis wegen der angeblichen eheähnlichen Lebensgemeinschaft, die Herr Kneipenbesitzer und Frau Ex miteinander führten; Herr Kneipenbesitzer hat im einstweiligen Anordnungsverfahren, welches sofort im Januar beantragt wurde, glaubhaft und eidesstattlich versichert, dass er Schwul ist (eheähnliche Lebensgemeinschaft?).

Im März beschloss das Sozialgericht im Eilverfahren, dass an Frau Ex Sozialleistungen zu zahlen sind. Es waren demnach drei fast kaum zu überwindende Monate nach Einstellung der Zahlungen vergangen und

nun sollte also Gerechtigkeit walten. Sollte. Denn während Frau Ex sich in diesen drei Monaten bei Verwandten, Freunden und Bekannten durchbettelte, vermutete die ARGE wiederum ein verstecktes, nicht gemeldetes Einkommen (oder eine eheähnliche Lebensgemeinschaft). Schließlich hat Frau Ex mit ihrem Kind ja die lange Zeit überlebt, ohne zu verhungern oder ihre Wohnung gekündigt zu bekommen.....
Frau Ex ist später in eine andere Stadt gezogen. Nach meinem letzten Kenntnisstand Arbeitet sie dort auf 400€-Basis und bezieht ergänzende Sozialhilfe - ohne irgendwelche Schwierigkeiten.

8. Kapitel
Hartz-IV für jeden Arbeitslosen

Hartz-IV bzw. ALG II ist eine Leistung, die - siehe Kapitel 1 - für diejenigen gedacht ist, die nicht aus eigenen Mitteln ihren Lebensunterhalt bestreiten können. Allerdings gibt es auch solche, die der Ansicht sind, dass ALG II direkt nach ALG I folgt - und zwar für jedermann. So auch ein älteres Ehepaar. Sie monierten, dass sie erhaltene Leistungen nach ALG II wieder zurück zahlen sollten. Wie kam es dazu?

(Nennen wir das Ehepaar-Ehepaar Reich).
Herr Reich also hat über 20 Jahre in einer Firma schwer gearbeitet und quasi sein Leben lang in die Sozialkassen eingezahlt. Über Jahre hat er Arbeitslosengeld-, Krankenkassen-, Pflegeversicherungs-, eben Sozialversicherungsbeiträge zahlen müssen. Nach 20 Jahren schwerer Arbeit erhielt er dann – einige Zeit vor seinem Rentenalter - die Kündigung seitens der Firma. Dass Herr Reich nicht begeistert von der Kündigung war, kann wohl jeder nachvollziehen.
In der Folgezeit erhielt er alsdann Arbeitslosengeld I (ALG I). Soweit so gut. Nach Ausschöpfung des Bezuges von ALG I dauerte es allerdings noch seine Zeit, ehe er die verdiente Rente einreichen und antreten konnte. Wie überbrückt man diese Zeit? Wovon lebt man während der „Pause" zwischen ALG I und Rente? Wer zahlt die Kranken- und Pflegeversicherungsbeiträge? Was kann man tun, damit die Rente nicht gekürzt wird, als man im letzten Zeitraum davor keine

Beträge in die Sozialversicherungen und Rentenkassen eingezahlt hat?

Die Antwort liegt doch auf der Hand - man beantragt ALG II.

Arbeitslosengeld II folgt nach Arbeitslosengeld I - oder etwa nicht?

Herr Reich jedenfalls war hiervon überzeugt. Er hat ALG II (Hartz-IV) beantragt, Seiten um Seiten Vordrucke ausgefüllt und es leider versäumt, sich diese Vordrucke genauer durchzulesen. Auch die wahrheitsgemäße Beantwortung der einzelnen Fragen bereitete ihm Schwierigkeiten, als er der festen Ansicht war, dass er einen Anspruch auf Hartz-IV-Leistungen hat. Wofür hat er sonst die ganzen Jahre in die Sozialkassen eingezahlt? Wie doch allgemein bekannt, steht einem Arbeitnehmer, der die Kündigung erhält und so viele Jahre in Arbeit stand, Arbeitslosengeld zu. Früher bekam man einfach 2 Jahre Arbeitslosengeld. Heute erhält man ALG I und im Anschluss daran ALG II...

So dachte Herr Reich. Er beantwortete also Seite um Seite die Fragen auf den Vordrucken. Immer in dem Glauben, dass ihm die Leistungen zustehen und deshalb manch eine Antwort auch ruhig etwas "verschwommen" oder persönlich interpretiert beantwortet werden darf. So zum Beispiel die Frage nach Vermögenswerten. Was bitte ist Vermögen? Jeder definiert Vermögen schließlich nach eigenem Ermessen. Während eine Person meint, sie ist reich, weil sie 10.000 Euro auf dem Sparbuch hat, geht ein Formel-1-Fahrer her und verspritzt die gleiche Summe in Form von Sekt nach einem Sieg in der Menge. Vermögend sind nach Ansicht des Herrn Reich: Millionäre. Früher, als es noch die gute alte Deutsche Mark gab, da gehörte er auch zu den Vermögenden. Damals war aber auch noch alles anders. Heute jedenfalls, so ist Herr Reich der Ansicht, ist er nicht mehr vermögend.

Zu seinem Bedauern sah dies die ARGE anders.

An dieser Stelle möchte ich an all diejenigen eine kleine Warnung aussprechen, die der Ansicht sind, sie sind zwar vermögend, aber brauchen es der ARGE nicht anzugeben, weil es so wie so keiner merkt oder herausbekommt. So nicht!

Die ARGE überprüft Zinsgutschriften und Konten - zu Recht. Denn, liebe Leser, Sie sollten nicht vergessen, dass sie damit Ihr Vermögen schützen möchte. Zu Unrecht gezahlte Leistungen werden letztendlich von Ihren Steuergeldern beglichen.

Wenn Sie jetzt der Ansicht sind, dass Sie eine besonders clevere Art der Vermögensverschiebung gefunden haben, als Sie Ihr Erspartes z. B. den Kindern überschrieben haben – Irrtum. Ein gewaltiger und gefährlicher Irrtum. Aber darauf werde ich in einem späteren Kapitel noch zurückkommen.

Zurück zu Herrn Reich. Die ARGE hat festgestellt, dass Herr Reich enorme Zinsgutschriften erhalten hat. Sollten Sie die vorherigen Kapitel aufmerksam gelesen haben, wissen Sie, welches Schreiben Herrn Reich alsdann per Post zugestellt wurde. Richtig, der Anhörungsbogen. In diesem Anhörungsbogen sollte Herr Reich Stellung dazu nehmen, dass er angeblich keine Vermögenswerte besitzt; andererseits aber erhebliche Zinsgutschriften im vorherigen Kalenderjahr auf sein Konto überwiesen bekam. Herr Reich war klug genug, sich hierzu erst einmal nicht zu äußern, sondern lieber einen Anwalt aufzusuchen.

Standard gemäß findet zuerst einmal eine Besprechung zwischen Anwalt und Mandanten statt. Der Mandant macht seine Angaben und seine Ansicht deutlich. Der Anwalt versucht, den Mandanten über die rechtlichen Tatbestände aufzuklären. Alsdann stellt der Mandant dem Anwalt einige persönliche Unterlagen zur Verfügung. Hierbei ist es von größter Wichtigkeit, dass der Mandant und der Anwalt ein gutes Vertrauensverhältnis zueinander haben. Anwaltsgehilfinnen wie mir obliegt es dann, die Akte anzulegen und persönliche Unterlagen des Mandanten zu kopieren; diese der Akte zuzuführen und ggf. für den Anwalt Hinweise anzubringen. Gelegentlich kommt es dann schon mal vor, dass man den Hinweis in einem persönlichen Gespräch anbringt. Ein gutes Beispiel für solch einen direkten, persönlichen Hinweis einer Anwaltsgehilfin an den Anwalt wäre dieses hier. Wenn die Sparbücher des Herrn Reich kopiert werden und dabei festzustellen ist, dass Herr Reich bei Beantragung von Leistungen nach Hartz-IV ca. 800.000 € (keine Million) auf dem Sparbuch "Seins" nennen durfte. Ich glaube, liebe Leser, auch Sie als nicht Anwaltsgehilfin hätten in diesem Fall den Hinweis an Ihren Chef geben können, dass Herr Reich ganz offensichtlich über Vermögen verfügt.

In Anbetracht dessen, dass zwischen Anwalt und Mandant ein nahezu unerschütterliches Vertrauensverhältnis besteht, glaubt der ihn vertretende Rechtsanwalt Herrn Reich selbstredend, diesem sei bei Antragstellung nicht bewusst gewesen, dass er vermögend ist. Nach einiger Bedenkzeit und einigen wenigen Besprechungen zwischen Anwalt und Mandant gelangt letztendlich auch Herr Reich zu der Überzeugung, dass Arbeitslosengeld II nur denjenigen vorbehalten bleibt, die über kein Vermögen verfügen; nicht vermögend sind. Er hat seine zu Unrecht bezogenen Leistungen zurück erstattet. Durch die umgehende Rückerstattung der zu Unrecht bezogenen Leistungen wurde ein Verfahren wegen Sozialbetrugs gegen ihn nicht eingeleitet.

Es kann von Vorteil sein, wenn man etwas Geld auf der hohen Kante liegen hat…

9. Kapitel
Zeit spielt eine Rolle

Bei all meinen bisherigen "Geschichten" möchte ich es nicht versäumen, ein Problem offenzulegen, welches wohl des gegenseitigen Verständnisses bedarf. Nämlich die Bearbeitungszeit von Anträgen auf Hartz-IV bzw. die Korrektur von Bescheiden. Ebenso wie die Verarbeitung von erhaltenen Daten.

Nicht vergessen darf man bei Leistungen nach SGB II und SGB XII, dass es sich hierbei um Leistungen handelt, die die Lebensgrundlage sichern sollen. Nicht übersehen darf man aber auch, dass der Staat an allen Ecken und Enden sparen muss. Da der Staat eben sparen muss, hat sich das Verhältnis Hartz-IV-Empfänger (Millionen) zu Sachbearbeitern (?) bzw. Fallmanagern ebenfalls verändert. Leider nicht zum Positiven. Sollten sich unter Ihnen, liebe Leser, ARGE-Mitarbeiter befinden, so sind Sie sicherlich dankbar, dass einmal erwähnt wird, wie arbeitsüberlastet Ihre Schreibtische sind. Es ist wohl ein offenes Geheimnis, dass Anträge auch deshalb nicht zeitnah bearbeitet werden, weil einfach zu viel Bürokratie zu erledigen ist.

Aber bitte liebe Mitarbeiter der ARGE - so, wie Sie in der Lage sind, den Hartz-IV-Empfängern in freundlichem (oder unfreundlichem) Ton kundzutun, dass Sie überlastet sind. Genau so dürfen Sie das auch Ihren Vorgesetzten gegenüber. Sicher hat jedermann Verständnis dafür, dass Sie lieber auf Ihrer Seite des Schreibtisches sitzen als nach ausgeübter Kritik bei Ihren Vorgesetzten auf der anderen. Doch vergessen

Sie dabei nicht, dass Sie hier nicht einfach Papier bearbeiten. Sie sind für die Lebensgrundlage von Menschen verantwortlich. Nehmen Sie diese Verantwortung ernst und unternehmen Sie etwas dagegen, wenn in Ihrer ARGE ein Missstand herrscht.

In diesem Zusammenhang möchte ich aber auch bei den Sozialleistungsempfängern um ein bisschen Verständnis bitten, wenn Ihr Fallmanager bzw. Sachbearbeiter telefonisch nicht leicht erreichbar ist. Bei allem Verständnis für Ihren Kummer. Der ARGE-Mitarbeiter kann entweder mit Ihnen Telefonieren (worüber er im Anschluss an das Telefonat einen Gesprächsvermerk fertigen muss) oder er bearbeitet die Unterlagen, die sich auf seinem Schreibtisch stapeln. Sollten Sie über Internet verfügen, ist es daher am einfachsten, Sie schicken Ihrem Fallmanager eine E-Mail. Beachten Sie hierbei bitte nur, dass eine E-Mail kein fristenwahrendes Dokument ist. Möchten Sie aber z. B. einen Termin verschieben, als Sie zum vorgeschlagenen Gesprächstermin nicht kommen können; oder eine Anfrage nach dem Stand in Ihrer Angelegenheit machen, so bietet sich das Internet hier an. Wenn Sie dagegen einen Widerspruch einlegen wollen, so müssen Sie dies schriftlich und im Original machen. Vergessen Sie dabei nicht, dass jeder! der Bedarfsgemeinschaft den Widerspruch unterschreiben muss.

Jedoch bitte ich auch um Verständnis für die Bezieher von Sozialleistungen. Bei diesen Leistungen handelt es sich schließlich nicht um Gelder, die den Lebensstandard verbessern sollen. Vielmehr dienen diese einer (würdigen) Lebensgrundlage. Hierdurch soll gesichert werden, dass ein mittelloser Mensch nicht unter einer

Brücke schlafen oder Mundraub begehen muss. Leider ist es jedoch so, dass zwischen Theorie und Praxis wiederum die Symbiose zum Teil erheblich gestört ist. Wie Sie, liebe Leser, nunmehr doch bemerkt haben sollten (auch wenn Ihre Definition Hartz-IV / Luxus anfangs anders ausgesehen haben mag), erhält diese Leistungen im Grunde genommen nur derjenige, den der Volksmund als "nackten Mann" bezeichnen würde. Es ist daher einem jeden sicher leicht verständlich, dass eine Bearbeitungszeit von 2 bis 3 Monaten eines Antrages auf Leistungen nach SGB II fatal ist. Ein "nackter Mann" ist nicht in der Lage, aus seiner Tasche die Miete für 2 bis 3 Monate zu zaubern. Geschweige denn ein Huhn oder einen Hasen zum Essen aus seinem Hut. Bezüglich der Lebensmittel hat er noch nicht einmal die Chance, sich an der "Tafel", die es mittlerweile Gottlob in vielen Städten schon gibt, satt zu essen. Er hat ja keinen Bescheid in der Hand, woraus hervorgeht, dass er an der "Tafel" Platz nehmen darf.

Ähnlich verhält es sich mit "Änderungen" in Bezug auf die Leistungen. Die Anpassung der Gelder bei Mieterhöhungen, die Bearbeitung von Widersprüchen gegen zu Unrecht gekürzte Leistungen, das Angleichen der Beträge bei Jobverlust (Nebentätigkeit-400€-Job).... all diese Veränderungen sollten - laut Gesetzesvorlage - binnen 3 Monaten spätestens berücksichtigt worden sein. Hartz-IV-Empfänger mussten aber leider die Erfahrungen machen, dass eine Bearbeitungszeit von 1 - 2 Jahren keine Seltenheit ist. Zwar gibt es die Möglichkeit der Dienstaufsichtsbeschwerde gegen einen Sachbearbeiter, wenn die Bearbeitung zu lange dauert. Aber bringen tut diese letztendlich mitunter auch nichts, als der zuständige und eventuell einfach überlastete Sachbearbeiter hierdurch eher noch in seiner Arbeit behindert wird. Desweiteren besteht die Möglichkeit eines Antrages auf eine "einstweilige Anordnung" beim zuständigen Sozialgericht. Dieser kann aber nur in solchen Fällen gestellt werden, in denen einem Sozialleistungsempfänger nicht mindestens 70 % der gesetzlichen Leistungen gezahlt werden.

Unabhängig von den Unterkunftskosten bedeutet dies, dass würden einer alleinstehenden Person statt 359 € nur 251 € zur "freien Verfügung" stehen, ein Antrag auf einstweilige Anordnung keinen Erfolg haben kann, als die 70 % nicht unterschritten wurden. 251 € für Strom, Versicherungen, Telefon, Bewerbungsschreiben, Arztkosten, Medikamente, Brillen, Zahnersatz, Fahrtkosten, Frisör, Kleidung, Kosmetika, Wasch- und Putzmittel und bitte die Lebensmittel nicht zu vergessen... Könnten Sie hiermit Ihren Lebensunterhalt sichern? Über mehrere Monate, eventuell Jahre?

Ein gutes Beispiel dafür, welche verheerenden Konsequenzen eine zu lange Bearbeitungsdauer für einen Hartz-IV Empfänger haben kann ist auch das folgende.

In einer Eingliederungsvereinbarung wurde festgehalten, dass der Hilfebedürftige 10 Bewerbungen monatlich nachzuweisen hat. Er kommt dieser Aufforderung im ersten Monat nach und bewirbt sich ordentlich bei den Firmen. Für jede Bewerbung gibt er 1,45 € für Porto, 2 € für die Bewerbungsmappe, 2,50 € für das Bewerbungsfoto…zuzüglich Papier, Druckerpatrone, festen Briefumschlag…aus. 10 Bewerbungen pro Monat ergibt nachgewiesene Kosten in Höhe von mindestens 60 € monatlich. 60 €, mit denen der Hartz-IV Empfänger „in Vorkasse" gehen muss. 60 € von 359 €. Naheliegend, dass wenn es zu einem Vorstellungsgespräch kommt und noch Fahrtkosten entstehen, der Sozialleistungsempfänger spätestens im darauffolgenden Monat den Kostenaufwand durch die ARGE ersetzt bekommen möchte und muss. Andernfalls wird er im darauffolgenden Monat bereits mehr als erhebliche Schwierigkeiten haben, 10 Bewerbungen anzufertigen. Nicht, weil er nicht arbeiten will. Nicht, weil er zu faul ist, Bewerbungen zu schreiben. Sondern weil er Hunger hat!

Um so verheerender ist es, dass die Auszahlung von nachgewiesenen Bewerbungskosten (bis zu 260 € jährlich) nicht selten ein halbes Jahr dauert. Somit wird der Hilfebedürftige seiner Verpflichtung in der Eingliederungsvereinbarung nicht mehr nachkommen (können) mit der Folge, dass er die Leistungen gekürzt bekommt. Dass dies nicht hilfreich ist, liegt wohl auf der Hand.

Da ich ja immer noch die Hoffnung hege, dass sich auch Regierungsangestellte dieses Buch zu Gemüte führen, habe ich an dieser Stelle eine Anregung.

Warum wird nicht eine Bewerbungsräumlichkeit geschaffen?

Eine Räumlichkeit, in denen Bewerbungsschreiben von Hilfebedürftigen angefertigt werden können. Eine Räumlichkeit, in der Bewerbungsfotos erstellt werden, Computer, Drucker und Papier zur Verfügung gestellt wird… Wenn alsdann die Bewerbung fertiggestellt ist, erhält der Hilfebedürftige eine ordentliche Bewerbungsmappe für seine Unterlagen und einen Umschlag mit einer Briefmarke drauf. Hierdurch würden nicht nur gleiche Voraussetzungen für alle geschaffen werden. Vielmehr reduziert sich auch der Verwaltungsaufwand, da in einer zentralen Stelle der Nachweis für die Bewerbung ja bereits erbracht ist.

Man könnte sogar den Gedanken aufgreifen, Hilfestellungen durch geschultes Personal bei Bewerbungen zu geben. Dies würde solche Schulungen wie „Wie bewerbe ich mich richtig?" überflüssig machen, wodurch ein erheblicher Kostenaufwand entfällt. Menschen mit einer Lese-Schreib-Schwäche bräuchten keine Angst vor Bewerbungsschreiben, die sie anfertigen müssen, mehr haben, als ihnen jemand zur Seite steht, der ggf. auch Bewerbungsschreiben zum Beispiel auf Form- und Rechtschreibfehler überprüfen könnte. …

Wenn schon Unterstützung – warum dann nicht wirklich sinnvoll?

10. Kapitel
Pietät

Stellen Sie sich vor, Sie haben lange, lange im Arbeitsleben gestanden. Sie haben für Ihre Rente vorgesorgt und eine Eigentumswohnung gekauft. Naheliegend, dass Sie hierfür neben dem vorhandenen, ersparten Eigenkapital einen Kredit aufnehmen mussten. Diesen zahlen Sie schon seit Jahren immer pünktlich ab. Sie sind verheiratet und haben einen Sohn, welcher bald das 18. Lebensjahr erreicht. Ihre Welt scheint in Ordnung. Scheint aber nur. Der Sohn, der einen guten Schulabschluss erreicht hat, hat keinen Ausbildungsplatz erhalten. Deshalb macht er nunmehr sein Abitur, was ja nicht schlecht ist, aber auch kein Geld einbringt. Trotzdem ist Ihre Welt in Ordnung. Bis zu jenem Tag, an dem der Verkehrsunfall passierte.

Und schon sind wir bei der nächsten Geschichte.
Bei dem Verkehrsunfall wird der Vater (nennen wir die Familie: Familie Pietät), also Herr Pietät, schwer verletzt. Er verliert seine Arbeit. Etwas, was in der heutigen Zeit schneller passieren kann, als einem lieb ist. Irgendwann bleibt der Familie keine andere Möglichkeit, als Hartz-IV zu beantragen. Etwas, was in der heutigen Zeit schneller passieren kann, als einem lieb ist.
Das Problem der Familie Pietät - ihre Eigentumswohnung.
Die ARGE rechnet die Mieteinnahmen der vermieteten Eigentumswohnung als "Einkommen" an, wobei sie hierbei nicht die Ausgaben sowie Kreditzinsen, die

im Zusammenhang mit der Eigentumswohnung stehen, korrekt berücksichtigt. Es ergehen fehlerhafte Bescheide, als die Berechnung der Einnahmen/Ausgaben nicht angemessen ist. Ferner ist die ARGE der Ansicht, dass die Familie durch die Eigentumswohnung noch über Vermögen verfügt, welches sie zuerst "verbrauchen" muss. Gegen die einzelnen Bescheide legt der Rechtsanwalt der Familie Widerspruch ein. Es ergehen Widerspruchsbescheide. In der Folgezeit wird geklagt.

Irgendwann teilt Frau Pietät mit, dass zu den Folgen des Unfalles bei ihrem Mann noch eine schwere Lungenkrankheit hinzu gekommen ist. Ihre Welt ist alles andere, als in Ordnung. Frau Pietät versucht irgendwie, den gesundheitlichen und finanziellen Schwierigkeiten zum Trotz optimistisch zu bleiben. Schließlich hat sie auch eine Verantwortung gegenüber ihrem Sohn. Es vergehen Wochen, Monate. Die Eigentumswohnung wird verkauft. Wie von der Familie Pietät und dem Anwalt erwartet und zuvor schon kundgetan, hat der Verkaufserlös die Kreditsumme nicht gedeckt. Herr Pietät stellt in der Folgezeit einen Antrag auf Schwerbehinderung und auf Rente. Sein Gesundheitszustand verschlechtert sich zusehends, derweil die ganzen Verfahren auch vor dem Sozialgericht andauern oder zum Abschluss kommen. Frau Pietät, die nicht nur juristische, sondern auch menschliche Unterstützung braucht, teilt mit, dass ihr Mann sich einer –hoffentlich lebenserhaltenden- Operation unterziehen muss. Doch noch während der Antrag auf Rente des Herrn Pietät läuft, erhält das Anwaltsbüro der

Familie Pietät am 18.03. die Mitteilung, dass Herr Pietät in der Nacht zuvor verstorben ist.

Der Rechtsanwalt teilt dies als pflichtbewusster Anwalt umgehend am 18.3. der ARGE per Telefax mit.

Der Tod ihres Mannes hat Frau Pietät schwer erschüttert. Sie hatte sicher nicht damit gerechnet, in so relativ jungen Jahren Witwe zu werden. Im Gegenteil hatte sie Vorstellungen von einer gemeinsamen Zukunft, wie sie wohl viele Menschen haben. Daher auch die gekaufte Eigentumswohnung. Die Wohnung sollte eine schöne Zeit in der wohlverdienten Rente sichern.

Der für Frau Pietät trotz der vorherigen schweren Krankheit ihres Mannes doch plötzliche Tod sollte aber nicht ihr einziger Kummer sein. Denn womit Frau Pietät auch nicht gerechnet hatte, war das Schreiben der ARGE, welches sie am 25.03. erreichte.

In diesem Schreiben teilt die ARGE ihr mit, dass sie zu Unrecht Leistungen bezogen hat, als hierauf in der Zeit vom 17.03. bis zum 31.03. kein Anspruch bestand. Ihr Mann ist schließlich am 17.03. verstorben.

Da ARGE-Mitarbeiter effizient arbeiten müssen, verwenden sie gern Vordrucke für ihre Schreiben. So auch in dieser Geschichte.

Frau Pietät wird seitens der ARGE in dem Schreiben darauf hingewiesen, dass sie wusste bzw. hätte erkennen können, dass der ihr zuerkannte Anspruch zum Ruhen gekommen ist. Es wird auf § 48 Abs.1 Satz 2 Nr.4 SGB X verwiesen. Sie erhält Gelegenheit, sich zu dem Sachverhalt zu äußern. Sollte sie dies nicht binnen 14 Tagen machen, so ergeht ein Aufhebungs- und Erstattungsbescheid. Hier wird dann der zu erstattende Betrag sowie die weitere Vorgehensweise mitgeteilt.

Ende der Mitteilung.

§ 48 Abs.1, Satz 2; Nr. 4 SGB X:
(1)... 2. der Betroffene ... Pflicht zur Mitteilung wesentlicher für ihn nachteiliger Änderungen der Verhältnisse vorsätzlich oder grob fahrlässig nicht nachgekommen ist... 4. der Betroffene wusste oder nicht wusste, weil er die erforderliche Sorgfalt in besonders schwerem Maße verletzt hat, dass der sich aus dem Verwaltungsakt ergebende Anspruch kraft Gesetzes zum Ruhen gekommen oder ganz oder teilweise weggefallen ist. "

Mit anderen Worten ausgedrückt.
Die Leistungen nach Hartz-IV werden im Voraus entrichtet. Da die Leistungen für den Monat März durch die ARGE der Familie Pietät schon am 01.03. überwiesen worden waren, der Mann aber am 17.03. verstorben ist, wurde Frau Pietät nunmehr vorgeworfen, dass sie vom 17.03. bis 31.03. Leistungen zu Unrecht bezogen hat. Denn sie hätte ja nur Leistungen bis zum 16.03. in der Höhe erhalten dürfen. Schließlich „fällt" ihr Mann bei der Berechnung des Gesamtbedarfs der Familie Pietät ab dem 17.03. weg, so, dass sie seit dieser Zeit zu viele Leistungen erhalten hat.

Bei allem Verständnis für Vorschriften, Paragraphen, einzuhaltende Gesetze. Solche Schreiben finde ich pietätslos!
Wenn Sie, liebe Leser, der Ansicht sind, dass die ARGE derartige Schreiben nicht in diesem Stil verschicken würde; ich weiß, dass sie es tut.
Frau Pietät hat eine Woche zuvor ihren Mann verloren, der bei Erhalt des Schreibens noch nicht einmal

beigesetzt war. Man wird wohl kaum von ihr erwarten können, dass sie am 01.03. bereits wusste, dass ihr Mann am 17.03. versterben wird. Denn nur dann wäre es ihr gelungen, nicht „zu Unrecht" die im voraus geleisteten Zahlungen nach Hartz-IV zu erhalten. Zumal genau genommen ihr verstorbener Mann zu Unrecht die Leistungen bezogen hatte – juristisch gesehen.

Muss aber so ein Schreiben wie das obige wirklich sein? Es kann doch niemand einen ARGE-Mitarbeiter dazu zwingen, solch ein vorgefertigtes Schreiben zu verschicken. Wie schon in einem vorherigen Kapitel angedeutet - die Vorstellung, dass ARGE-Mitarbeiter Menschen und menschlich sind, fällt bei solch einem Schreiben doch wirklich schwer. Gerade dieses Schreiben lässt mich stark daran zweifeln, dass sich hinter dem System "Hartz-IV" ein "Sozialsystem" verbergen soll. Vielmehr entsteht meiner Ansicht nach hier eher der Eindruck, dass ARGE-Mitarbeiter nicht denken, sondern dafür herhalten sollen, dem Computer vorgefertigte Schreiben zu entlocken um diese alsdann zu verschicken. Allerdings gehe ich auch davon aus, dass es sich bei ARGE-Mitarbeitern um intelligente, denkende und fühlende Geschöpfe handelt, die dem Computer weit überlegen sind. Deshalb möchte ich hier einen kleinen Denkanstoß geben. Ein Computer ist schließlich immer nur so gut wie der, der ihn mit Informationen und Vordrucken füttert...

Dass man Sozialleistungsempfänger darauf aufmerksam machen muss, dass unter bestimmten Umständen (wie zum Beispiel dem Tod eines Sozialleistungsempfängers) ein Anspruch dessen an Hilfeleistungen entfällt, ist soweit verständlich. Aber warum kann man ein entsprechendes Schreiben nicht z. B. wie folgt anfertigen:

"Sehr geehrte Frau.....
mir ist bekannt geworden, dass Ihr Mann, Herr..... am 17.03... verstorben ist. Von Gesetzes wegen bin ich verpflichtet, Sie über die sich hierdurch ergebenden Änderungen in Bezug auf die Leistungen zu informieren. Insoweit bitte ich Sie, möglichst zeitnah einen Termin mit mir zu vereinbaren, um Sie über die für Sie maßgeblichen Änderungen beraten zu können. Nach Ablauf von 2 Wochen werde ich einen Änderungsbescheid erlassen, in dem ich die zu viel gezahlten Leistungen vom 17.3.... bis 31.03.... von Ihnen zurückfordern muss. Sollten Sie Einwände hiergegen haben, so müssen Sie diese (sofern Ihnen eine Vorsprache bei mir in den nächsten 14 Tagen nicht möglich ist) binnen 14 Tagen schriftlich vorbringen."

Mit einem solchen Schreiben wäre der Bürokratie sicher auch Genüge getan ohne, dass man pietätslos werden müsste....

11. Kapitel
Leistungen nach Auslandsaufenthalt

Es soll doch wirklich Menschen geben, die unser schönes Deutschland verlassen, um im Ausland ihr Glück zu machen. So auch die Frau, von der ich Ihnen jetzt erzählen möchte. Nennen wir die Frau - Frau Spanien.

Frau Spanien ist deutsche Staatsbürgerin. Sogar eine fleißige, die sich schon ein trautes Heim in ihrer Heimatstadt gesucht hat - eine Eigentumswohnung. Eines Tages findet sie ihre große Liebe (ihr zweiter Frühling) und wandert mit dieser nach Spanien aus. Das heißt, Herr Spanien ist Spanier. Er hat in seiner Heimat nicht nur ein Haus, sondern auch eine große Familie. Seine Familie hat sogar eine eigene Firma. Frau Spanien folgt ihrem Mann gern und freiwillig in dessen Heimat und in dessen Familie und in dessen eigene Firma.

Allerdings nicht für ewig. Nach einer nicht sehr langen Ehezeit (ca. 1,5 Jahren) hat es sich Herr Spanien anders überlegt. Er möchte Frau Spanien nicht mehr in seinem Haus, in seiner Familie und der Firma seiner Familie haben. Er setzt Frau Spanien kurzerhand in Spanien vor die Tür. Und das im Januar, wo es doch in Deutschland so bitter kalt ist.

Frau Spanien hat in Deutschland zum Glück nicht nur eine Eigentumswohnung, die sie vermietet hat. Sie hat auch noch Eltern, die ihr das Geld für den Rückflug nach Deutschland anweisen lassen, so dass sie nach ca. 1,5 Jahren in ihre kalte Heimat zurückkehren kann. Allerdings muss angemerkt werden, dass ihre Eltern keine Firma haben. Sie sind einfache Rentner. Trotzdem nehmen sie natürlich und selbstverständlich ihre Tochter erst einmal in ihrer kleinen 2-Zimmer-Wohnung bei sich auf.

Frau Spanien, die so ganz ohne Sachen und mit leeren Taschen nach Deutschland zurückgekommen ist, wendet sich an die ARGE. Zwar muss sie nicht unter einer Brücke schlafen, da ihre Eltern sie ja erst einmal bei sich aufgenommen haben. Aber leben muss sie doch von irgendetwas. Dass man nicht von Luft und Liebe allein leben kann, hat sie spätestens, als sie von Herrn Spanien vor die Tür gesetzt wurde, verstanden.

Der Sachbearbeiter bei der ARGE hört sich gern und interessiert die Schilderungen der Frau Spanien an. Solch einen Fall hat man schließlich nicht alle Tage. Ist ja fast so, wie in einem schlechten Roman. Mann setzt Frau einfach vor die Tür und wechselt die Schlösser aus…

Nur helfen kann (oder will) er Frau Spanien nicht. Er verlangt stattdessen Nachweise für ihre Arbeit in Spanien. Ferner weist er darauf hin, dass Frau Spanien ja schließlich noch Vermögen in Deutschland hat – ihre Eigentumswohnung.

Frau Spanien erhält keine Leistungen von der ARGE – auch nicht darlehensweise. Sie ist nach Ansicht des ARGE-Mitarbeiters nicht hilfebedürftig.

Frau Spanien versucht nunmehr, sich über einen Anwalt Rat zu holen. Der Anwalt legt zuerst einmal gegen den Ablehnungsbescheid der ARGE Widerspruch ein. Er begründet diesen Widerspruch auch und versucht, der ARGE zu verdeutlichen, warum Frau Spanien derzeit noch keine Nachweise über ihre Arbeit in Spanien beibringen kann. Schließlich muss sie über die

spanischen Sozialversicherungsträger Nachweise einholen, als ihr Nochehemann, ebenso wie seine Familie
nicht bereit sind, der „verstoßenen" Nochehefrau hier
in irgendeiner Weise behilflich zu sein. Wer seine Frau
einfach vor die Tür setzt…

Auch auf den Hinweis der ARGE, dass ja noch die
Eigentumswohnung vorhanden ist, erwidert der Anwalt eingehend. Er reicht die Nachweise ein, dass die
Kosten für diese Wohnung (nicht zuletzt wegen des
Kredits für diese) die Mieteinnahmen übersteigen,
weshalb Frau Spanien von den Mieteinnahmen auch
nicht ihren Lebensunterhalt bestreiten kann. Ferner
wird darauf hingewiesen, dass die Eigentumswohnung
derzeit nicht zu verwerten ist (ein Verkauf sich nicht
rentieren würde).

Bis Ende Juni (im Januar wurde Frau Spanien bei der
ARGE das erste Mal vorstellig) sieht sich die ARGE
nicht imstande, Frau Spanien zumindest darlehensweise Leistungen nach SGB II zukommen zu lassen. Frau
Spanien versucht derweil, ihr Leben wieder zu ordnen
und konnte mit den Mietern der Eigentumswohnung
übereinkommen, dass sie diese ab Mitte Juli selber
beziehen kann. Demnach zieht sie Mitte Juli aus der
elterlichen Wohnung aus, und in ihre eigene Eigentumswohnung ein. Hätte Frau Spanien nicht ihre Eltern gehabt, die ihr bis dahin monatlich Geld geliehen
und ihr ein Bett zur Verfügung gestellt haben, wer
weiß, ob wir jetzt nicht einen Staatsbürger weniger
hätten.

Ende Juni sind aber auch die Reserven der Eltern ver-
braucht. Sie können ihrer Tochter kein Geld mehr
leihen. Auch können sie den Mehraufwand, der durch

ihre Tochter monatlich entsteht, nicht mehr aufbringen. Ihr Anwalt stellt einen Antrag auf einstweilige Anordnung beim zuständigen Sozialgericht. Mitte August dann die Überraschung. Die ARGE hat, nachdem der Anwalt sie mehrmals mit der Nase darauf gestoßen hat, § 23 Abs.5 SGB II in den Gesetzbüchern entdeckt.

„§ 23 Abs.5 SGB II
Soweit Hilfebedürftigen der sofortige Verbrauch oder die sofortige Verwertung von zu berücksichtigendem Vermögen nicht möglich ist oder für sie eine besondere Härte bedeuten würde, sind Leistungen als Darlehen zu erbringen…"

Sie macht Frau Spanien über das Sozialgericht einen Vergleichsvorschlag, wonach sie unter Berücksichtigung der widrigen Umstände und des § 23 Abs.5 SGB II einstweilen die Leistungen als Darlehen ab Antragstellung gewährt. Anders ausgedrückt, soll Frau Spanien nunmehr rückwirkend ab Januar die Hartz-IV Leistungen darlehensweise erhalten und ausgezahlt bekommen.

Ab dem Zeitpunkt, zu dem Frau Spanien selber ihre Eigentumswohnung bezogen hat, soll sie die Leistungen so gar nicht nur darlehensweise, sondern als nicht zurückzahlbare Leistungen erhalten, als dann die Eigentumswohnung ein geschütztes Vermögen darstellt. Sie bekommt demnach ab diesem Zeitpunkt Hartz-IV ohne wenn und aber.

Jetzt frage ich Sie, liebe Leser – warum braucht die ARGE sieben! Monate, um zu dieser Erkenntnis zu kommen?! Was wäre gewesen, wenn Frau Spanien nicht ihre Eltern gehabt hätte, die ihr ein Bett und ein Dach über dem Kopf geben konnten?! Warum müssen Ihre Steuergelder – siehe nächstes Kapitel – auch dafür herhalten?

12. Kapitel
Verfahrenskosten – Ihre Steuergelder

Zum besseren Verständnis für diejenigen, die mit der Materie nicht vertraut sind, sollte ich wohl zu den Kosten, die durch solche wie hier im Buch beschriebene Geschichten entstehen, noch einiges erläutern. Vielleicht auch, um Ihnen präziser verdeutlichen zu können, warum es - ganz unabhängig von dem menschlichen Aspekt - ebenfalls sinnvoll ist, über die Umsetzung von Hartz-IV in der Praxis nachzudenken. Vorweg muss ich ausführen, dass Bewilligungs- und Änderungsbescheide der ARGE zum Teil 4, 6, 8 Seiten oder aber auch (wie ich letztens in der Hand hatte) 28 Seiten umfassen. Ein Bescheid! Der Bewilligungsbescheid ist in unterschiedliche Bereiche unterteilt. Eine "Umfrage" bei unseren Mandanten hat ergeben, dass die meisten Leistungsempfänger ihr Augenmerk hauptsächlich auf die erste Seite richten. Nicht zuletzt deshalb, weil sie die auf den weiteren Seiten aufgeführten Berechnungsbögen so wie so nicht nachvollziehen können. Auf der ersten Seite steht der Zeitraum, auf den sich der Bescheid erstreckt. Aber vor allem ist hier die Summe angegeben, die dem Leistungsempfänger tatsächlich gewährt wird. Wie sich dieser Betrag zusammensetzt, dies kann man dann den Berechnungsbögen der weiteren Seiten 3 bis .... entnehmen (sofern man diese versteht). Da ich in meinem Beruf laufend mit solchen Bescheiden zu tun habe, kann ich mittlerweile (zum Teil) die Berechnungen gut nachvollziehen. Amüsant fand ich es allerdings, als mich ein Justizangestellter eines Amtsgerichts einmal anrief. Es ging um zu bewilligende Kosten in der Beratungshilfe (hierzu im nächsten Kapitel mehr), über die vom Justizangestellten zu entscheiden war. Da ich im Kostenantrag eine Erhöhungsgebühr(s. hierzu ebenfalls nächstes Kapitel) geltend gemacht hatte, musste dieser nunmehr überprüfen, wie viele Auftraggeber mein Chef letztendlich vertreten hat. Ich verwies den Justizangestellten auf den Bewilligungsbescheid der ARGE, welcher in Kopie dem Kostenantrag beilag und aus dem hervorging, wie viele Personen der Bedarfsgemeinschaft angehörten. Sein lapidarer Kommentar hierzu: *„Durch diese sch… Dinger blicke ich eh nicht durch!"*

Es sollten die Personen unter Ihnen, die noch nie einen Bewilligungsbescheid in der Hand hatten, sich einen solchen einmal von einem Hartz-IV Empfänger zeigen lassen. Vergessen Sie dabei aber nicht, dass nicht jeder Leistungsempfänger eine abgeschlossene Berufsausbildung oder einen Schulabschluss hat. Wenn Sie schon Probleme damit haben, bei Bewilligungsbescheiden einen Durchblick zu erhalten, wie mag das dann erst anderen, s. o., oder Menschen mit Legasthenie ergehen…

Auf Seite 2 eines Bescheides sind Anmerkungen über Rentenbeiträge, Krankenkasse bzw. Krankenversicherung, dem Bescheid zugrunde liegende Änderungen und dergleichen vermerkt. Seite 2 ist eine sehr wichtige, als man dieser vollgeschriebenen Seite zum Beispiel auch entnehmen kann, dass die Krankenkassenbeiträge nicht durch die ARGE an die Krankenkasse überwiesen werden, als die Leistungen nach SGB II aufgrund einer Sanktion für einen bestimmten Zeitraum gestrichen wurden.

Wenn Sie, liebe Leser, bislang der gleichen Ansicht waren wie ich seinerzeit, dass jeder! in Deutschland krankenversichert ist - nein, durchaus nicht. Leider ist es nicht so. Denn tatsächlich werden Krankenversicherungsbeiträge von der ARGE nicht gezahlt, wenn die Leistungen nach SGB komplett gestrichen wurden (siehe hierzu auch Kapitel 5 Eingliederungsvereinbarung Punkt 10). Dies bedeutet für den Hartz-IV-Empfänger, dass er die Krankenkassenbeiträge selber aufbringen muss, als ihm die Krankenkasse andernfalls eventuell die Mitgliedschaft kündigt. Gesetzt den Fall, dass einem Leistungsempfänger Leistungen gestrichen werden; er demnach <u>unter</u> dem Existenzminimum "lebt"; woher soll dieser dann die Gelder für die Krankenkassenbeiträge und Pflegeversicherung nehmen? Fazit - die Krankenkasse kündigt unter Umständen die Mitgliedschaft. Jetzt kann man natürlich die Ansicht vertreten, dass diese Konsequenz allein dem Leistungsempfänger zuzuschreiben ist, als er der ARGE eben keinen Anlass dazu geben darf, ihm die Leistungen zu streichen. An dieser Stelle möchte ich aber noch einmal auf die in diesem Buch aufgeführten „Geschichten" verweisen und vor allem auf die zu treffenden Eingliederungsvereinbarungen

"1. Eine Verletzung Ihrer Grundpflichten liegt vor, wenn Sie sich weigern -die in der Eingliederungsvereinbarung festgelegten Pflichten zu erfüllen, insbesondere in ausreichendem Umfang Eigenbemühungen nachzuweisen; -eine zumutbare Arbeit, Ausbildung, Arbeitsgelegenheit, eine mit Beschäftigungszuschuss geförderte Arbeit, ein zumutbares Sofortangebot oder eine sonstige in der Eingliederungsvereinbarung festgelegte Maßnahme

*aufzunehmen oder fortzuführen oder -Sie eine zumutbare Maß-
nahme zur Eingliederung in Arbeit abbrechen oder Anlass für
den Abbruch geben....."*

Erinnern Sie sich, wer bestimmt, welche eine für Sie
zumutbare Arbeit, Ausbildung, Arbeitsgelegenheit, ...
ist; oder dass Sie die in der Eingliederungsvereinbarung vereinbarten Bedingungen nicht erfüllt haben?
Erst einmal einzig und allein Ihr Fallmanager bzw. der
ARGE-Mitarbeiter.

Sofern ein Hartz-IV-Empfänger einen Punkt in seinem Bescheid nicht versteht oder beanstandet, hat er
die Möglichkeit, mit seinem Fallmanager hierüber zu
sprechen - falls er diesen telefonisch erreicht. Binnen
einer Frist von einem Monat muss gegen einen unkor-
rekten Bescheid alsdann Widerspruch eingelegt werden. Ggf. möchte der Leistungsempfänger deshalb
anwaltliche Hilfe in Anspruch nehmen. Hier hat er die
Möglichkeit, sich zuvor einen Beratungshilfeschein
beim zuständigen Amtsgericht zu holen. Über diesen
Beratungshilfeschein rechnet später der Anwalt mit
dem Staat seine Kosten (außergerichtliche) ab. Somit
können mit einem Beratungshilfeschein die Anwaltskosten gedeckt werden, damit jemand, der nichts hat
(wie zum Beispiel ein Hartz-IV Empfänger) sich
trotzdem einen Anwalt seines Vertrauens "leisten"
kann.
Erst kürzlich hat das Bundesverfassungsgericht geur-
teilt, dass einem Hartz-IV Empfänger ein Beratungshilfeschein auszustellen ist, wenn er Probleme mit der
ARGE hat; Widerspruch gegen einen Bescheid durch

einen Anwalt einlegen lassen möchte. Er muss sich nicht durch die Justizangestellten des zuständigen Amtsgerichts an seinen Fallmanager, also an die AR-GE, verweisen lassen (BVerfG; Beschluss 11.05.2009; zu AZ 1 BvR 1517/08).

Mit dem erhaltenen (oder auch nicht ausgestellten) Beratungshilfeschein sucht der Leistungsempfänger alsdann einen Anwalt seines Vertrauens auf. Dieser erklärt ihm den "Sozialhilfebescheid" und weist auf seiner Ansicht nach unkorrekte Sanktionen oder Berechnungen im Berechnungsbogen des Bescheides hin. Gegen einen solchen, zu beanstandenden Bescheid, legt der Anwalt alsdann Widerspruch ein.

Vorgesehen ist, dass die ARGE für den Zeitraum eines halben Jahres einen! Bescheid erlässt. Praxis ist aber, dass bei "Streitigkeiten" oftmals diesem einen Bescheid ein Änderungsbescheid und Änderungsbescheid zum Änderungsbescheid folgen. So musste ich in meiner Tätigkeit als Anwaltsgehilfin auch schon anhand der Uhrzeit des Ausdruckes des Änderungsbescheides vom Änderungsbescheid zum Änderungsbescheid (alle des gleichen Datums) ermitteln, welcher Änderungsbescheid denn nun der wirksame ist. Oftmals wird auch nur ein teilweiser Zeitraum des ursprünglichen Bescheides mit einem Änderungsbescheid neu berechnet. Ein paar Tage später folgt dann ein weiterer Änderungsbescheid zum ursprünglichen Bescheid - aber über einen anderen Zeitraum.

Zur Verdeutlichung. Es ergeht ein Bescheid am 01.01. für den Zeitraum 01.02. bis einschließlich 31.07. eines Jahres. In der Folgezeit; z. B. am 15.01. wird dem Leistungsempfänger dann ein Änderungsbescheid zugesandt für den Zeitraum 01.02. bis 27.02. Wieder einige Zeit später erhält der Leistungsempfänger einen Änderungsbescheid für den Zeitraum 01.04. bis 31.04. des gleichen Jahres usw.

Jetzt könnte man ja freundlicher weise denken - nun, dann haben die ARGE-Mitarbeiter eine Beschäftigung. Ja, liebe Leser und Steuerzahler, haben sie. Aber wer kommt für diese Kosten wohl auf? Denn tatsächlich (Unrichtigkeit vorausgesetzt) muss gegen jeden einzelnen, mühsam vom ARGE-Mitarbeiter erstellten und verschickten Bescheid jeweils Widerspruch erhoben werden.

Änderungsbescheide ergeben sich oftmals ebenso dann, wenn Leistungsempfänger ein Einkommen haben, welches eventuell auch noch flexibel ist. Aber auch die Heiz- und Wohn- sowie Wohnnebenkosten sind ein ständiger "Streitpunkt". Ebenso wie vorgenommene Sanktionen.

Nunmehr möchte ich Ihnen die eventuellen Rechtsanwaltskosten (kleiner Hinweis: das Gehalt des ARGE-Mitarbeiters muss auch bezahlt werden), die durch einen unrichtigen Bescheid entstehen können einmal besser verdeutlichen:

Die Rechtsanwaltsgebühren sind im RVG festgelegt. RVG = Rechtsanwaltsvergütungsgesetz.

Für Sozialrechtsangelegenheiten sind sogenannte Rahmengebühren vorgesehen. Es wird in der Regel eine sogenannte Mittelgebühr durch den Anwalt geltend gemacht. Bleibt es in einer Angelegenheit bei leichtem Schriftverkehr oder einem Widerspruch, dem nicht abgeholfen wird, so erhält der Anwalt hierfür

eine Geschäftsgebühr nach Beratungshilfegesetz - zu erstatten durch die Staatskasse (Beratungshilfeschein). Diese beträgt einschließlich Auslagenpauschale und Mehrwertsteuer derzeit 99,96 €. Legt der Anwalt Widerspruch gegen einen Bescheid ein und wird diesem Widerspruch durch die ARGE abgeholfen (anders ausgedrückt - der Anwalt hat durch seine Argumentation Recht erhalten und der Bescheid wird entsprechend aufgehoben; ein neuer Bescheid ergeht), so erhält der Anwalt eine Mittelgebühr. Diese beträgt einschließlich Auslagen und Mehrwertsteuer ca. 300 € - zu erstatten durch die ARGE. Geht die Angelegenheit vor das zuständige Sozialgericht, bekommt der Anwalt die vorherigen Gebühren und zusätzlich eine weitere Mittelgebühr von netto 170 €. Sofern ein Gerichtstermin stattgefunden hat hierfür noch einmal netto 200 € zuzüglich Auslagen und Mehrwertsteuer - zu erstatten von der Staatskasse (sofern Prozesskostenhilfe gewährt wurde) oder durch die ARGE (wenn dem Anwalt durch das Sozialgericht Recht gegeben wird).
Tatsächlich aber auf jeden Fall von Ihren Steuergeldern.
Hat man sich vor Gericht verglichen, so kommt noch einmal eine Einigungsgebühr von netto 190 € hinzu. Wohl bemerkt - bei jedem einzelnen Bescheid. Hinzu kommt eventuell noch eine Erhöhungsgebühr (3/10 pro Person), weil der Anwalt "mehrere Auftraggeber" vertritt, als jeder einzelne einer Bedarfsgemeinschaft gegen jeden einzelnen Bescheid ggf. Widerspruch einlegen muss.
Bezogen auf das vorherige Kapitel bedeutet dies: Mittelgebühr 170 € zuzüglich Einigungsgebühr 190 € plus

Auslagen und Mehrwertsteuer. Nicht zu vergessen: Das Einkommen des Richters, der Justizangestellten sowie das des ARGE-Mitarbeiters – bezahlt von Steuergeldern.

Kommen Sie aber jetzt bitte nicht auf die Idee und meinen, der Anwalt erhält zu hohe Gebühren. Und das von Ihren Steuergeldern. Seien Sie versichert: Dass es so wenige Fachanwälte für Sozialrecht gibt liegt sicher nicht daran, dass man mit diesem Fachbereich bei leichter Arbeit horrende Einnahmen erzielt. Der Anwalt muss für dieses Geld Verwaltungsakten lesen, Widersprüche schreiben, Widersprüche begründen, Klagen anfertigen, Klagebegründungen schreiben und mit Mandanten in der Regel des Öfteren Rücksprache nehmen. Ferner muss er vielfältige Fachliteratur lesen, Fortbildungsveranstaltungen besuchen, sich bezüglich der Gesetzesänderungen und Urteile auf dem Laufenden halten.

Es stellt sich meiner Ansicht nach die Frage, ob es ausschließlich an den "Sozialschmarotzern" liegt, wenn die Lohnnebenkosten bzw. überhaupt die Steuern allgemein so hoch ausfallen, um unser Sozialsystem zu finanzieren. Zur besseren Erläuterung nachstehende Geschichte.

Eine Hartz-IV-Empfängerin hat sich mit einem im Volksmund "Ich-Unternehmen" genannt Selbstständig gemacht. In dem Monat April hat sie 95 € erwirtschaftet, im Monat Mai 69 €. Seitens der ARGE erhält sie im Juni einen Änderungsbescheid, in dem ausgeführt wird, dass Sie für April und Mai zu Unrecht Leistungen bezog, als sie in den Monaten April und Mai Einnahmen in Höhe von insgesamt 164 € erzielte. Es soll an dieser Stelle dahingestellt bleiben, dass den Einnahmen Ausgaben gegenüberstanden, die seitens der ARGE ebenfalls nicht berücksichtigt wurden. Offenbar aber hat den Änderungsbescheid ein/e Mitarbeiter/in der ARGE erlassen die/der nicht hinreichend geschult bzw. ausgebildet war. Denn andernfalls hätte diese/r bedacht, dass es bei Einnahmen Freibeträge gibt. So sind 100 € Einnahmen, die durch Erwerbstätigkeit erzielt werden, monatlich nicht auf die Leistungen anzurechnen. Die Leistungsempfängerin hatte sich ursprünglich nur an den Anwalt gewandt, als die Ausgaben ihrer Selbstständigkeit seitens der ARGE nicht berücksichtigt worden waren. Dass es Freibeträge gibt, erfuhr sie erst durch den Anwalt. Woher sollte sie dies auch zuvor erfahren haben? Gegen den Bescheid erfolgt der Widerspruch; eingelegt durch den Anwalt. Dieser hat verständlicher Weise Erfolg. Es entsteht für den Anwalt eine Mittelgebühr - zu erstatten durch die ARGE.

Wem dieses Kapitel zu viele Gebühren und Kosten enthält, der braucht zum besseren Verständnis nur die nachstehenden Zeilen lesen.
Wenn ein Bescheid nicht korrekt ist, und hiergegen durch einen Anwalt Widerspruch eingelegt wird, so entstehen Anwaltsgebühren in Höhe von mindestens ca. 100 €. Erlässt die ARGE auf den Widerspruch hin einen neuen, geänderten Bescheid, so entstehen Anwaltsgebühren in Höhe von mindestens ca. 300 €. Bei Gerichtsverfahren kommen weitere Anwaltsgebühren hinzu.

Was ein Mitarbeiter der ARGE, ein Richter bzw. Justizangestellter monatlich verdient, kann ich Ihnen leider nicht sagen. Aber theoretisch müsste man diese Gehälter zu den Gebühren hinzurechnen.

Wenn demnach in einem Monat auch nur ein Bescheid für einen Hartz-IV Empfänger falsch (zu Unrecht) ergangen ist, so fallen für diesen Hartz-IV Empfänger bezüglich dieses Monats quasi die doppelten Kosten an.

13. Kapitel
angemessene Wohnkosten

Die Wohnkosten sind offenbar ein gern umstrittener Punkt bei den Hartz-IV Bewilligungen; egal, ob bei Leistungen nach SGB II oder SGB XII. Vorweg erlauben Sie mir die Bemerkung, dass Politiker sogar schon auf die –meiner Ansicht nach– Wahnsinnsidee gekommen sind, man könne die Wohnkosten doch pauschalisieren, um die ständigen Streitigkeiten hierüber zu umgehen. Glücklicherweise wurde dieser Gedanke -zumindest derzeit- offenbar wieder verworfen. Dennoch sieht das Sozialgesetzbuch eine solche Regelung im Ursprung sogar vor:

§ 27 SGB II Verordnungsermächtigung
Das Bundesministerium für Arbeit und Soziales wird ermächtigt, im Einvernehmen mit dem Bundesministerium der Finanzen durch Rechtsverordnung zu bestimmen, 1. welche Aufwendungen für Unterkunft und Heizung angemessen sind und unter welchen Voraussetzungen die Aufwendungen für Unterkunft und Heizung pauschalisiert werden können, 2. bis zu welcher Höhe Umzugskosten übernommen werden, 3. unter welchen Voraussetzungen und wie die Leistungen nach § 23 Abs.3 Satz 1 Nr. 1 und 2 pauschalisiert werden können. "

Wenn Sie dieses Kapitel zu Ende gelesen haben, dann verstehen Sie sicher auch meine harsche Kritik an einer solchen Idee. Zum Denkanstoß möchte ich Ihnen folgendes nahelegen:

Jeder weiß, dass die Mieten in den jeweiligen Städten unterschiedlich hoch sind. Die Miethöhe ergibt sich aus verschiedenen Anhaltspunkten, wie z. B. Arbeitslosigkeit, Bevölkerungsdichte, Infrastruktur.... Nunmehr stellen Sie sich vor, die Mieten würden pauschalisiert.

Während man einerseits in München für den Quadratmeter durchschnittlich 9 € zahlt, erhält man in Duisburg eine Wohnung mit einem Quadratmeterpreis von ca. 4,50 €. Wenn dann die Miete pauschalisiert würde und man davon ausgeht, dass einer alleinstehenden Person 45-50 Quadratmeter zustehen, so ergäbe sich hier ein Mietpreis in München in Höhe von 450 €(50 x 9), während in Duisburg eine Miete in Höhe von 225 € (50 x 4,5)fällig würde. Der Durchschnitt läge somit bei 337,50 €. Bei einer Pauschalisierung bekäme in Duisburg ein Hartz-IV-Empfänger somit ca. 100 € mehr zur „freien Verfügung" als Regelsatz zum Leben (Durchschnitt 337,50 € plus Regelleistung 359 € abzüglich tatsächliche Miete 225 € = 471,50 €). Demgegenüber würden in München vom Regelsatz über 100 € zur Miete „beigesteuert" werden müssen, die somit von den 359 € fehlten (Durchschnitt 337,50 € plus Regelleistung 359 € abzüglich tatsächliche Miete 450 € = 246,50 €)).

Ein Hartz-IV Empfänger könnte sich somit in München - wenn überhaupt - lediglich ein möbliertes Zimmer "leisten" oder ihm würde sofort unterstellt (was dann ja auch naheliegend wäre), dass er über anderweitige Einnahmen verfügt. Also wovon würde dieser Hartz-IV Empfänger in München "leben"? Was würde sich demnach aus einer solchen Pauschalisierung voraussichtlich ergeben? Nachdem ich von der "Regierungsidee" hörte, konnte ich mir die Bemerkung: *"Sollen die Städte "gesäubert" werden?"* nicht verkneifen. Denn naheliegend ist doch, dass unwillkürlich Ghettos entstehen würden. In München zum Beispiel gäbe es quasi keine Hartz-IV-Empfänger mehr, als sich niemand, der von Hartz-IV abhängig ist, die dortige Miete leisten könnte. Andererseits würden Städte wie beispielsweise Duisburg überlaufen werden. Umgekehrt muss man aber auch bedenken, dass die ARGE ihre Zustimmung geben „muss" für einen Umzug. Es ist nämlich durchaus nicht so, dass man als Hartz-IV Empfänger einfach in eine andere Stadt mit einem "anderen" Leistungsträger umziehen darf. Hierfür benötigt man die Genehmigung des jeweiligen Leistungsträgers. Fazit - auch die Mittelschicht würde Städte wie München wohl eher meiden, als man sich eine eventuelle Arbeitslosigkeit dort nicht leisten könnte.

Dass aber dennoch eine einheitliche Lösung die Miethöhe betreffend gefunden werden muss, soll Ihnen das nachstehende Beispiel zeigen.

Frau (nennen wir diese Frau: Frau Wohnung) also wohnt schon seit Jahrzehnten in ihrer 50 Quadratmeter-Wohnung. Der Mietgrundpreis hierfür beträgt 345 €. Somit liegt der Quadratmeterpreis bei 6,90 €. Laut ARGE darf der Hartz-IV genehmigte Quadratmeterpreis in der betreffenden Stadt aber nur 6,40 € betragen. Demnach ist die Wohnung um 25 € zu teuer (6,40 € x 50 qm = 320 € zu tatsächlichen 345 €). 25 €, die Frau Wohnung jeden Monat von ihren 359 € selber

zur Miete beisteuern muss. Die ARGE „verpflichtet"
Frau Wohnung, sich um einen "angemessenen"
Wohnraum zu bemühen. Wobei angemessen eine De-
finitionsfrage ist, als es keine Gutachten oder dergleichen darüber gibt, welcher Quadratmeterpreis in der
betreffenden Stadt angemessen ist. Die ARGE der
betreffenden Stadt jedenfalls hat festgelegt, dass 6,40 €
pro Quadratmeter ein angemessener Preis sind. Dass
es dort allerdings quasi keinen freien Wohnraum unter
50 Quadratmeter, geschweige denn zu einem solchen
Preis mehr gibt, als ja jeder Hartz-IV Empfänger als
alleinstehende Person solch eine Wohnung sucht,
spielt hierbei für die ARGE keine Rolle. Die einer
Person zustehende Quadratmeterzahl ist von Gesetzes
wegen geregelt, weshalb hiergegen einfacher vorge-
gangen werden kann. Den angemessenen Quadratmeterpreis bestimmt dagegen die ARGE der jeweiligen
Stadt. Wobei es manches Mal merkwürdig anmutet,
wie die ARGE einen solchen angemessenen Preis er-
mittelt. Vorliegend betrug die Kaltmiete der Frau
Wohnung wie oben angegeben, 345 €. Hinzu kamen
Nebenkosten (ohne Heizung) in Höhe von 40 € - insgesamt betrug somit die Warmmiete 385 €.
Frau Wohnung bemühte sich auf Drängen der ARGE
hin um einen Wohnraum, den diese als angemessen
ansehen würde. Während dieser Zeit laufen die Widerspruchsverfahren gegen die bisherigen Bescheide, als
die tatsächlichen Wohnkosten durch die ARGE gekürzt worden sind. Eine Anmietung einer von Frau
Wohnung gefundenen angemessenen Unterkunft
scheiterte zwischenzeitlich daran, dass die ARGE für
die Genehmigung zur Anmietung so lange benötigte,

dass die Wohnung zwischenzeitlich anderweitig verge-
ben worden war.

Ja, Sie haben wiederum richtig gelesen, liebe Leser.
Die ARGE soll die Anmietung einer Wohnung erst
genehmigen. Als Hartz-IV Empfänger dürfen Sie nicht
einfach umziehen. Sie müssen auch hierfür "gute"
Gründe vorweisen können und sollen sich eine Genehmigung durch die ARGE für die neue Wohnung
zuvor einholen. Nur, wenn die ARGE die Wohnung
genehmigt hat oder zumindest vor Umzug in Kenntnis
gesetzt wurde, darf ein Hartz-IV Empfänger umziehen. Andernfalls droht ihm eine Sanktion, als er nicht
zuvor die ARGE um Erlaubnis gebeten hat.

§ 22 SGB II Leistungen für Unterkunft und Heizung
(2) Vor Abschluss eines Vertrages über eine neue Unterkunft
soll der erwerbsfähige Hilfebedürftige die Zusicherung des für die
Leistungserbringung bisher örtlich zuständigen kommunalen
Trägers zu den Aufwendungen für die neue Unterkunft einho-
len. Der kommunale Träger ist nur zur Zusicherung verpflich-
tet, wenn der Umzug erforderlich ist und die Aufwendungen für
die neue Unterkunft angemessen sind;..."

Letztendlich hat aber Frau Wohnung eine angemessene Wohnung gefunden. Dieses Mal bekam Frau Wohnung auch schon nach 3 Tagen einen Termin bei ihrem zuständigen Sachbearbeiter der ARGE. Dieser
reagierte schnell und genehmigte ihr die neue Wohnung. Somit durfte sie den neuen Mietvertrag unterschreiben und den Vertrag ihrer alten, unangemesse-
nen Wohnung unter Einhaltung der Kündigungsfrist
kündigen. Denn genau, wie bei jedem anderen auch,

sind hier Kündigungsfristen bei Wohnungswechseln einzuhalten. Der Vermieter ist Frau Wohnung schon entgegen gekommen, so dass sie nur eineinhalb Monatsmieten doppelt zu zahlen hat.

So weit so gut. Doch nun, liebe Leser, stelle ich Ihnen eine Rechenaufgabe:

Die alte Wohnung kostete monatlich - siehe oben - 345 € Grundmiete (unangemessen) zuzüglich 40 € für Nebenkosten. Die neue Wohnung kostet nunmehr nur 320 € Grundmiete (angemessen) zuzüglich 145 € Nebenkosten.

Alte Wohnung =________€ warm (Grundmiete einschließlich Nebenkosten) monatlich;

neue Wohnung =________€ warm (Grundmiete einschließlich Nebenkosten) monatlich.

Ups…Keine Bange, Sie haben sicher richtig gerechnet. Während für die alte Wohnung nur 385 € monatlich aufzubringen waren (wobei 25 € wegen Unangemessenheit in Abzug gebracht wurden); muss die ARGE nunmehr monatlich 465 € für den "angemessenen" Wohnraum aufbringen. Denn während sich über die angemessene Kaltmiete streiten lässt, sind die Nebenkosten in tatsächlicher Höhe zu leisten - eigentlich. Jedoch sehen sich hier manche Städte ebenfalls dazu berufen, das Gesetz hierzu so auszulegen, dass auch bezüglich der Heiz- und Nebenkosten Unstimmigkeiten entstehen können. Der Gesetzgeber hat dies durch seine Formulierung des Gesetzes (siehe spätere Ausführungen) auch zugelassen.

Die obige Rechenaufgabe hat zum Ergebnis, dass die angemessene Wohnung monatlich 80 € Mehraufwendungen für die ARGE bedeutet (465 € zu 385 €). Hinzuzurechnen zu den monatlich 80 € (plus nicht gezahlter 25 € wegen Unangemessenheit) Mehraufwand für die ARGE ist auch noch die doppelt zu zahlende Miete. Hier ist anzumerken, dass in der Regel nur eine Monatsmiete durch die ARGE getragen wird; wobei dies auch eine Ermessenfrage der jeweiligen ARGE ist. Für weitere Doppelmieten aufgrund der einzuhaltenden Kündigungsfristen muss ggf. der Hartz-IV Empfänger selber aufkommen. Allerdings zeigt sich der Gesetzgeber hier großzügig, da in der Regel der Leistungsempfänger hierfür ein Darlehen von der ARGE bewilligt bekommt. Dieses darf er dann in monatlichen Raten á 30 € (über maximal 3 Jahre) zurückzahlen.

Nicht vergessen bei der Rechenaufgabe darf man auch, dass ein Umzug bekanntlich Geld kostet. Dem Leistungsempfänger steht hierfür zumindest ein Umzugswagen zu. Nur muss er sich um das Schleppen der Möbel selber kümmern. Auch dies führt gelegentlich zu Streitigkeiten zwischen der ARGE und einem Leistungsempfänger, als sich durchaus Personen unter Hartz-IV-Empfängern befinden, die nicht über einen entsprechenden Bekannten- oder Freundeskreis verfügen, der gern und freiwillig; geschweige denn kostenlos Möbel schleppt. Auch wird Frau Wohnung auf einem Großteil ihrer Renovierungskosten sitzen bleiben, da nur Materialkosten seitens der ARGE gezahlt werden. Es wird demnach davon ausgegangen, dass Hartz-IV Empfänger Renovierungskünstler sind oder zumindest über einen solchen Bekannten- bzw. Freundeskreis verfügen. Weiterhin bleibt eine entsprechende Kaution zu regeln.

Somit ist das Ergebnis dieser Rechnung, dass monatliche Mehrkosten in Höhe von 80 € durch die ARGE zu tragen sind. Dafür hat Frau Wohnung über ca. 3 Jahre 30 € monatlich weniger zur Verfügung (statt zuvor 25 € nicht anerkannte Wohnkosten), als sie das Darlehen für nicht gedeckte Doppelmiete, Umzug und Renovierung an die ARGE zurück zu zahlen hat. Die ARGE bringt im Gegenzug dafür weitere Beträge für eine Doppelmiete, Umzugswagen sowie Renovierungs- und Materialkosten auf. Aber die neue Wohnung ist angemessen…

Nicht verkennen darf man natürlich, dass irgendwo eine Grenze zu ziehen ist. Wenn die angemessene Kaltmiete für einen Hartz-IV Empfänger nicht festgeschrieben wäre, was wäre dann angemessen? Wer würde eine Angemessenheit kontrollieren? Für den Fall, dass man Gleitbeträge einführen würde, wo läge dann hier die Grenze?

§ 22 SGB II Leistungen für Unterkunft und Heizung
(1) Die Leistungen für Unterkunft und Heizung <u>werden in Höhe der tatsächlichen Aufwendungen erbracht</u>, soweit diese angemessen sind. … Soweit die Aufwendungen für die Unterkunft den der Besonderheit des Einzelfalles angemessenen Umfang übersteigen, sind sie als Bedarf des allein stehenden Hilfebedürftigen oder der Bedarfsgemeinschaft so lange zu berücksichtigen, wie es dem allein stehenden Hilfebedürftigen oder der Bedarfsgemeinschaft nicht möglich oder nicht zuzumuten ist, durch einen Wohnungswechsel durch Vermieten oder auf andere Weise die Aufwendungen zu senken, in der Regel jedoch längstens für sechs Monate. …

Wie eine angemessene Miete genau definiert wird - die Frage kann ich Ihnen leider nicht beantworten. Zum Teil werden offenbar die Mietrichtwerttabellen (ggf. auch von anderen Städten) als Grundlage hierfür verwendet. Dabei bleibt dann sicherlich unberücksichtigt, dass auch bei Wohnraum die Angebots/Nachfrage eine gewichtige Rolle spielt. Eine Kosten-Nutzen-Analyse hätte hier, genau wie zukünftig vielleicht Abhilfe schaffen können. So wäre es bezüglich einer solchen Situation möglich gewesen zu bestimmen, dass zwar die Grundmiete höher ist, als die Angemessenheit vorgibt. Dafür lagen aber die Nebenkosten unter dem Durchschnitt, weshalb nach einer Kosten-Nutzen-Analyse die Wohnung als angemessen hätte anerkannt werden können.

14. Kapitel
Rückerstattung Heiz- und Stromkosten

Die Nebenkosten sind neben der Miete bedauerlicher Weise ebenfalls ein Punkt, bei dem die Fallmanager teilweise einen großen Ermessensspielraum ausüben können. Während ich im vorherigen Kapitel bezüglich § 22 SGB II auf folgendes hingewiesen habe:

„(1) Die Leistungen für Unterkunft und Heizung werden in Höhe <u>der tatsächlichen Aufwendungen erbracht,</u>…“

möchte ich in diesem Kapitel vor allem auf den weiteren Teil des Paragraphen hinweisen:

„… <u>soweit diese angemessen sind. …</u>“

Da haben wir wieder eines meiner liebsten Argumente, warum Hartz-IV in der Umsetzung meiner Ansicht nach scheitern muss. Denn wer bestimmt, ob diese angemessen sind? Es gibt hierfür meiner Kenntnis nach keine Gesetzesgrundlage. Selbst die Gerichte entscheiden unterschiedlich. In den einzelnen Arbeitsgemeinschaften (ARGE) werden zwar Verwaltungsvorschriften erlassen, die den Mitarbeitern die Arbeit erleichtern sollen. Dennoch, wie kann man von einem Fallmanager bzw. Mitarbeiter der ARGE erwarten, dass dieser weiß, was „angemessene“ Kosten für Heizung sind; geschweige denn, von einem Hartz-IV Empfänger?!

Aber ganz unabhängig davon, dass die Heizkosten mit einen Grund dafür darstellen, warum einige Hartz-IV Empfänger einen Anwalt aufsuchen, als diese Kosten von der ARGE nicht immer gänzlich übernommen werden und es somit hierüber Streit gibt. Für die Stromkosten (nicht, wenn mit Strom geheizt wird) muss ein Hartz-IV Empfänger selber aufkommen. Mit anderen Worten. Von den 359 € muss dieser die Stromkosten begleichen.

Jetzt ergibt es sich schon mal, dass auch Hartz-IV Empfänger eine Stromkostenrückerstattung erhalten. Während die ARGE in der Regel ja für die Heizkosten aufkommt und ihr somit bei einer Rückerstattung von Heizkosten verständlicher Weise auch der Rückerstattungsbetrag zusteht; bin ich bis zum Tag X davon ausgegangen, dass mit der gleichen Selbstverständlichkeit eine Rückerstattung von Stromkosten dem Hartz-IV Empfänger zusteht, als dieser ja auch die Stromkosten gezahlt hat.

Könnte man so meinen. Ist aber nicht so. Zumindest nicht unbedingt.

Ich war sehr überrascht, als ich am Tag X von einer Hartz-IV Empfängerin gefragt wurde, ob ihr denn die Rückerstattung von Stromkosten auf die Hartz-IV Leistung angerechnet würde. Im ersten Moment habe ich dies für mich direkt verneint. Unter anderem mit dem Argument, dass es wohl auch nicht rechtens wäre, als bei einer zu leistenden Nachzahlung von Stromkosten die ARGE diese Kosten auch nicht übernimmt. Die Leistungsempfängerin machte mich dann aber auf ein Urteil des Bundessozialgerichts aufmerksam, wonach ein Hartz-IV Empfänger eine Rückerstattung von Stromkosten auf seine Leistungen angerechnet bekam. Anders ausgedrückt – der Rückerstattungsbetrag wurde ihm als Einnahme von der laufenden Leistung in Abzug gebracht. Sie gab auch das Aktenzeichen des Bundessozialgerichts an (B 8 SO 35/07 R).

Ein Anwalt, der ebenfalls die Meinung vertrat und immer noch vertritt, dass das Urteil des Bundessozialgerichts nicht rechtens ist, wies mich alsdann darauf hin, dass es wahrhaftig ein solches Urteil des Bundessozialgerichts gibt, in dem Richter unseres Bundessozialgerichts kundgetan haben, dass dieser Rückerstattungsbetrag auf die laufende Leistung in Form einer Einnahme anzurechnen ist.

Unglaublich !

Deshalb unglaublich, weil hier ein Betrag von den laufenden Leistungen in Abzug gebracht wird, den der Hartz-IV Empfänger zuvor von seiner Leistung, die er nach SGB erhält, aufbringen musste. Wenn anders herum er keine Rückerstattung erhält sondern vielmehr eine Nachzahlung vornehmen muss, so bekommt er von der ARGE hierauf – nichts. Denn die ARGE kommt ja für Stromkosten nicht auf.

Diese Entscheidung des Bundessozialgerichts ist meiner – und bestimmt nicht nur meiner – Ansicht nach verfassungswidrig. Es kann doch nicht sein, dass der Stromlieferant die Höhe der monatlichen Vorauszahlungen auf Strom bestimmt. Der Hartz-IV Empfänger zahlt alsdann von seinem Wenigen diese monatlichen Vorauszahlungen. Hat der Stromlieferant „zu hohe" Vorauszahlungen gefordert und der Hartz-IV Empfänger erhält den zu viel gezahlten Betrag zurück, so wird er letztendlich doppelt gestraft.

Zum einen hat ihm dieser Betrag monatlich in der Brieftasche gefehlt, zum anderen bekommt er diesen dann am Ende des Jahres auch noch einmal zusätzlich von den Leistungen abgezogen.

Ich habe lange überlegt, ob ich das Aktenzeichen des entsprechenden Urteils hier überhaupt erwähne. Es besteht ja schließlich durchaus die Möglichkeit, dass ARGE-Mitarbeiter dieses Buch zur Hand nehmen... Andererseits habe ich mir dann überlegt, dass es glücklicherweise auch Anwälte gibt. Und das Bundesverfassungsgericht.

Außerdem kam mir dann noch ein weiterer Gedanke. Was glauben Sie, liebe Leser, was passieren würde, wenn Hartz-IV Empfänger ab sofort eine geringere Vorauszahlung monatlich auf Strom zahlen würden. Wenn sie monatlich nur so viel für Strom voraus zahlten, dass sie am Ende eines Abrechnungsjahres auf gar keinen Fall eine Rückerstattung erhielten. Sie könnten sich den Differenzbetrag dann monatlich „unters Kopfkissen" legen für den Fall, dass sie eine Nachzahlung entrichten müssen.

Bei solch einem Urteil, wie dem des Bundessozialgerichts werden Sie quasi dazu animiert, auf einem weichen, leicht gepolsterten Kissen zu schlafen. Überlegen Sie einmal, was passieren würde, wenn die gut 3 Millionen Hartz-IV Empfänger, die es in Deutschland gibt, aufgrund solcher Urteile vom Bundessozialgericht hergingen und ihre Vorauszahlungen auf Strom monatlich um z. B. 20 € kürzen würden. Dann würde dies pro Hartz-IV Empfänger einen Jahresbetrag von 240 € ausmachen. Mit 3 Millionen Hilfebedürftigen multipliziert ergäbe dies eine stolze Summe von 720.000.000 €.

720.000.000 €, die den Stromversorgern im kommenden Jahr in ihrer Bilanz fehlen dürften....

Es stellt sich doch die Frage, ob die Zahl der Hartz-IV Empfänger im darauffolgenden Jahr steigen würde - durch Firmeninsolvenzen...
In Anbetracht solcher Urteile läge dies meiner Ansicht nach durchaus im Bereich des Möglichen...

15. Kapitel
horizontales Gewerbe

Harzt-IV beanspruchen die unterschiedlichsten Menschen in zum Teil auch unterschiedlichen Berufen.
Denn nicht nur Arbeitslose, kranke Menschen, Schmarotzer und dergleichen erhalten Sozialleistungen. Sondern durchaus auch die arbeitende Bevölkerung; nämlich als ergänzende Sozialhilfe.
Des Öfteren reicht in der heutigen Zeit weder die bezogene Rente noch das Arbeitseinkommen aus, den Lebensunterhalt allein nur mit diesen Einnahmen zu bestreiten. Bei den Rentnern darf man nicht außer Acht lassen, dass z. B. Frauen in der Vergangenheit (noch in der letzten Generation) teilweise gar nicht oder nur stundenweise berufstätig waren. Erst in der jetzigen Generation absolvieren auch die meisten Frauen eine Berufsausbildung und üben eine regelmäßige Tätigkeit aus. Jedoch bedenken Sie, dass man hier auch nicht außer Acht lassen darf, dass Frauen Kinder bekommen und somit teilweise aus dem Berufsleben wieder aussteigen.
Dementsprechend geringer fallen später und vor allem heute ihre Renten aus. Diese - manchmal alleinstehenden Frauen - erhalten dann unter Umständen ergänzende Sozialleistungen (Leistungen nach SGB XII).
Aber nicht nur Rentner haben gelegentlich mit ihrem Einkommen kein ausreichendes Auskommen. Frauen verdienen in der heutigen Zeit immer noch ein geringeres Gehalt, wie Männer. Ferner durften eben nicht alle eine Ausbildung genießen. Manche suchen dementsprechend nach "anderen Auswegen". Manch eine

Frau weiß sich nicht anders zu helfen, als "horizontal" zu Arbeiten...

Nun stellen Sie sich diese Dame einmal bei der ARGE vor, wenn sie ihrem Fallmanager persönlich gegenübersitzt und ihr Einkommen offen legen muss.
Dies würde dann in etwa so klingen:
"Mit Kondom normal kostet 20 €; ohne kostet nen Fuffi; Französisch nen Hunderter; Sonderwünsche kosten extra..... Unter der Woche kommen so ca... Freier. Am Wochenende werden es natürlich mehr. Für das Zimmer, die Kondome und Bettwäsche zahle ich an die Puffmutter monatlich .... €. Sie können mich ja mal besuchen kommen.... Aber ich kann Ihnen auch eine Gewinn- und Verlustrechnung erstellen..."
Das kann man sich nicht wirklich so vorstellen, oder?
Genau so gern würde diese Dame sicherlich darüber sprechen, warum sie umziehen will.
"Ich hatte bisher ein Zimmer auf der ...Straße und möchte jetzt gern in die ...Straße in eine kleine Wohnung ziehen...."
Die Antwort auf die Frage des Fallmanagers nach dem: Warum?! wäre wohl genauso offenherzig
"Ich habe meinen bisherigen Job aufgegeben bzw. kann diesen nicht mehr in Vollzeit ausüben.".
Leider würde diese Antwort die nächste Warum?!-Frage nach sich ziehen.
"Oh, ich hatte keinen Bock mehr auf die ständigen Freier" oder *"Ich habe mir Hepatitis oder Aids eingefangen"*.
Hallo, liebe Leser, nie und nimmer würde eine Frau, die Hartz-IV-Leistungen beziehen möchte oder muss, so offen über ihre bisherige oder noch ausgeübte Tätigkeit sprechen wollen. Verständlicher Weise....

Jetzt ist es jedoch so, dass Leistungsempfänger ihr gesamtes Einkommen; sämtliche Einnahmen offenlegen müssen. Es werden nicht nur Kontoauszüge (zum Teil von 2 Jahren) kontrolliert, sondern die ARGE wird auch über Zinsgutschriften der letzten Jahre informiert. Des weiteren muss ein Leistungsempfänger quasi sein Innerstes offenlegen. Sicher ist es richtig und gut, dass man versucht, Leistungsschmarotzern entgegenzuwirken. Nur leider können Schmarotzer oftmals wunderbar lügen. Sie sind regelrechte Meister der Ausreden und Geschichten. Eine Frau dagegen, die einmal keinen anderen Ausweg sah, als horizontal zu arbeiten, wird sicher eher verlegen dreinwirken. Dies wiederum wird das geschulte (oder ungeschulte) Auge des ARGE-Mitarbeiters aufmerksam werden lassen. Es würde sofort einen Hartz-IV-Betrug wittern. Es kämen selbstverständlich solche Fragen auf, wie: Wovon hat die Frau die letzten Jahre gelebt, wenn sie schon seit einiger Zeit arbeitslos ist? Vielleicht hat sie ja auch noch ein Kind.... Da kann ja etwas nicht stimmen..!

Wie also erklärt man einem Mitarbeiter der ARGE seine bisherigen Einnahmen. Wie macht man verständlich, wovon man bislang gelebt hat? Oder wie weist man sein Einkommen nach, wenn man nur ergänzende Sozialhilfe beziehen möchte?

"Hier haben Sie eine Liste über meine Kunden und meine entsprechenden Einnahmen" ?!

In einer solchen Situation würde sich wohl jeder eigentlich wünschen, die Mitarbeiter der ARGE wären doch Computer und keine Menschen. Das würde solchen Frauen sicherlich helfen, sich vertrauensvoll an die ARGE zu wenden, wenn sie Existenzsicherung benötigen. Denn egal, in welchem Gewerbe man tätig ist - krank werden kann jeder. Und wie bei anderen selbstständig arbeitenden Personen auch, haben die im Horizontalgewerbe Tätigen keine Einnahmen, wenn sie nicht arbeiten. Allerdings stimmen Sie mir sicher zu, dass andere Berufe in der Gesellschaft angesehener sind und die Einnahmen dort auch leichter belegbar....

16. Kapitel
Bedarfsgemeinschaft - Kinder

Die Bedarfsgemeinschaft ist für Hartz-IV Empfänger ein sehr wichtiger Begriff. Zu einer Bedarfsgemeinschaft zählen alle Personen, die mit einem Hartz-IV Empfänger in einem Haushalt zusammen leben.
Zu unterscheiden ist aber zwischen einer Haushaltsgemeinschaft und einer Bedarfsgemeinschaft. Eine Haushaltsgemeinschaft ist mit einer Wohngemeinschaft vergleichbar. Demnach leben zwar Personen in einem Haushalt "zusammen". Aber außer, dass sie zusammen eine Wohnung bewohnen, haben sie nichts Gemeinsames; sie teilen sich einfach nur die Miete.
Erstaunlicherweise vermutet offenbar niemand eine Bedarfs- statt einer Wohngemeinschaft, wenn 2 Frauen oder 2 Männer zusammen wohnen. Wohl aber, wenn ein Mann und eine Frau zusammen eine Wohngemeinschaft bilden.
Eine Bedarfsgemeinschaft dagegen bilden Paare, Eltern mit Kindern und ein Elternteil mit Kindern und einem neuen Partner.
Diese letzte Konstellation sorgt im Sozialrecht für einige Unstimmigkeiten. Warum das so ist, möchte ich Ihnen mit der nächsten Geschichte aufzeigen.

Eine Mutter von 2 Kindern war verheiratet und ist seit einigen Jahren geschieden. Ihr Ex-Mann und Kindesvater tut sich schwer mit den Unterhaltszahlungen. Die Frau kann aufgrund einer schweren Erkrankung leider kein eigenes Einkommen erwirtschaften. Trotzdem ist sie glücklich. Sie ist eine neue Ehe eingegangen (nennen wir das "neue" Ehepaar-Eheleute Glück).

Herr Glück arbeitet. Für ihn ist es selbstverständlich, dass er für Frau Glücks Lebensunterhalt mit aufkommt. Was er aber überhaupt nicht verstehen kann ist, dass er, obwohl er fleißig arbeitet und mit seinem Einkommen allein gut zurecht kommen würde, plötzlich auf Hartz-IV angewiesen sein soll. Wie kommt es dazu?

Der leibliche Vater von den beiden Kindern der Frau Glück zahlt keinen Unterhalt. Sie selber kann - siehe oben - nichts zum Einkommen beitragen. Somit hätte Herr Glück nicht nur sich und seine Frau, sondern auch die Kinder mit zu versorgen. Und genau hier liegt der Streitpunkt.

Denn in § 7 SGB II wird davon gesprochen, dass *ein wechselseitiger Wille, Verantwortung füreinander zu tragen und füreinander einzustehen* vorhanden sein muss, um eine Bedarfsgemeinschaft anzunehmen. Herr Glück ist aber nicht willens, die Verantwortung für die Kinder von Frau Glück (auch finanziell) zu übernehmen. Schließlich würde er hierdurch zu einem Hartz-IV Empfänger. Er hat Frau Glück geheiratet. Nicht deren Kinder. Er mag die Kinder. Aber er möchte nicht für diese einstehen. Und die Kinder sind auch nicht willens, für Herrn Glück die Verantwortung zu tragen und für diesen einzustehen. Und nun?

Es ist zwar eindeutig geregelt, dass Partner füreinander einzustehen haben. Aber was ist mit den Kindern? Zwar werden Kinder in Abs.3 Nr. 4 § 7 SGB II einer Bedarfsgemeinschaft zugeordnet. Abs.3a Nr. 4 dagegen spricht wieder von Partnern und vor allem dem Willen, Verantwortung füreinander zu übernehmen.

§ 7 SGB II Abs.3: Zur Bedarfsgemeinschaft gehören...
Nr. 3.c): eine Person, die mit dem erwerbsfähigen Hilfebedürfti-gen in einem gemeinsamen Haushalt so zusammenlebt, dass nach verständiger Würdigung der wechselseitige Wille anzuneh-men ist, Verantwortung füreinander zu tragen und füreinander einzustehen,
Nr. 4:. die der Haushaltsgemeinschaft angehörenden unverheira-teten Kinder oder in den Nummern 1 bis 3 genannten Personen, wenn sie das 25. Lebensjahr noch nicht vollendet haben, soweit sie die Leistungen zur Sicherung ihres Lebensunterhaltes nicht aus eigenem Einkommen oder Vermögen beschaffen können.
Abs.3a: Ein wechselseitiger Wille, Verantwortung füreinander zu tragen und füreinander einzustehen wird vermutet, wenn Partner...
Nr.3: Kinder oder Angehörige im Haushalt versorgen oder
Nr.4: befugt sind, über Einkommen oder Vermögen des ande-ren zu verfügen. "

Zum besseren Verständnis fange ich einmal "hinten" an.

Stellen Sie sich vor, die Kinder von Frau Glück wären in einem Alter (was sie noch längst nicht sind aber in welches sie irgendwann kommen), in dem sie selber Geld verdienen; ein Arbeitseinkommen hätten. Frau Glück würde (z. B. durch ihre Erkrankung) ein Pflege-fall. Hier würden ihre Kinder zu den Pflegekosten herangezogen werden. Anders ausgedrückt - nicht nur Kinder haben einen Anspruch auf Unterhalt Eltern gegenüber, sondern auch Eltern ihren Kindern gegenüber. Es ist wohl jedem verständlich und für jeden selbstverständlich, dass auch Kinder für Eltern aufkommen. Ebenso, dass Eltern ihre Kinder versorgen und umgekehrt.

Nunmehr stellen Sie sich aber vor, Herr Glück würde ein Pflegefall. Hier würden die Kinder der Frau Glück nichts damit zu tun haben. Herr Glück hätte keinen Anspruch gegenüber den Kindern. Er würde - im Gegensatz zu Frau Glück - auch nicht gesetzlich erben. Umgekehrt haben die Kinder aber auch keinen gesetzlichen Anspruch gegenüber Herrn Glück. Weder unterhaltsrechtlich noch erbrechtlich oder anderweitig. Sie haben noch nicht einmal einen gesetzlichen Anspruch darauf, von ihm versorgt zu werden. Außer der vermeintlichen Bedarfsgemeinschaft in der sie mit Herrn Glück zusammen leben, verbindet sie nichts. Sie sind nicht *befugt, über Einkommen oder Vermögen* (des Herrn Glück) *des anderen zu verfügen....*

Nun ist es vorliegend so, dass das Einkommen des Herrn Glück nicht für den Bedarf der gesamten "neuen" Familie ausreicht. Deshalb beantragt Frau Glück für sich und die Kinder ergänzende Sozialhilfe. Die ARGE berechnet die Leistungen nach SGB II für die Bedarfsgemeinschaft. Und macht dies so, als wären alle Personen der Bedarfsgemeinschaft (einschließlich des Herrn Glück) sozialleistungsbedürftig. Und genau hier liegt das Problem.

Unabhängig davon, dass Herrn Glück ein höherer Einkommensbetrag zusteht, stellt sich die Frage, inwieweit er für die Kinder mit aufzukommen hat.

Die interessante Frage hier lautet: Was ist, wenn Herr Glück für die Kinder nicht zahlt; wenn er sich für diese eben nicht verantwortlich fühlt? Was, wenn er sie nicht versorgt und sich weigert, für deren Lebensunterhalt mit aufzukommen? Nach welchem Gesetz sollten die Kinder einen Betrag oder eine Versorgung gegenüber Herrn Glück einklagen?

Bei einer "normalen" Bedarfsgemeinschaft ist festgelegt, welche Person welchen Betrag; welche Leistungen erhält. In einer wie vorstehend angegebenen Situation errechnet die ARGE die Leistungen meiner Kenntnis nach wie folgt: Bedarf Frau Glück + Bedarf Kinder + Bedarf Herr Glück + Miete - abzüglich Einkommen des Herrn Glück und Kindergeld.

Allerdings kann die ARGE Herrn Glück eigentlich gar nicht verpflichten, für den Bedarf der Kinder mit aufzukommen. Dieser gibt nämlich an, mit den Kindern nur in einer Wohn-, nicht aber in einer Bedarfsgemeinschaft zu leben.

Dass Eheleute einander einstandspflichtig sind, sollte meiner Ansicht nach keiner Diskussion bedürfen. Frau Glück hat gegenüber ihrem Mann (und umgekehrt) auch einen rechtlichen Anspruch. Kinder, die nicht leiblich sind und aus einer anderen Ehe stammen, allerdings nicht. Sollten die Kinder Unterhalt vom leiblichen Vater beziehen, so dürfte dieser auch nicht Herrn Glück zur Verfügung gestellt werden.

Hier bedarf das Gesetz sicherlich noch einer genaueren Klärung.

17. Kapitel
Eigentum und vermeintliche Einnahmen

Vorliegend geht es um die Berechnung eines vermeintlichen Einkommens bzw. des verbleibenden Betrages bei einem nichtpflegebedürftigen Ehepartner. Ein älteres Ehepaar, beide Rentner (nennen wir das Ehepaar also Frau und Herr Rentner).

In der Vergangenheit hatten die Eheleute Rentner ein Haus geerbt. Dieses Haus haben sie in den Jahren der jungen Ehe, als das Kind noch klein war, ausgebaut, renoviert, saniert.… Mit anderen Worten: ihr gesamtes Einkommen, jede freie Minute wurde in das Haus investiert. Die Tochter der Eheleute Rentner hat alsdann in der Folgezeit mit diesen einen Notarvertrag geschlossen. Die Eltern fühlten sich durch diesen Notarvertrag abgesichert. In diesem wurde unter anderem festgehalten, dass die Tochter das Haus vorzeitig überschrieben bekommt. Dafür hat sie sich u. a. verpflichtet, die Eltern – soweit zumutbar – zu pflegen, falls diese pflegebedürftig werden. Des Weiteren haben die Eltern in dem Haus eine separate Wohnung „zugewiesen" bekommen. Bezüglich dieser Wohnung haben sie ein lebenslanges Nießbrauchrecht. Ein lebenslanges Nießbrauchrecht bedeutet, dass die Eheleute Rentner bis zu ihrem Tod unentgeltlich in dieser Wohnung leben dürfen. Sie können weder „rausgeworfen" werden, noch müssten sie bei einem eventuellen Verkauf des Hauses die Wohnung räumen. Anders ausgedrückt – ein unentgeltliches Wohnrecht auf Lebenszeit.

Die Eheleute Rentner fühlten sich durch diesen Notarvertrag in jeder Form abgesichert. Zum einen waren sie der Ansicht, dass sie zu Hause gepflegt werden, sollten sie pflegebedürftig werden. Zum anderen glaubten sie sicher zu sein, in ihrer gewohnten und geliebten Umgebung stressfrei Alt werden zu können und zu dürfen. Soviel zur Theorie.

Doch dann kam leider alles anders.

Zum einen sind solche Formulierungen wie „soweit zumutbar" bestens dazu geeignet, Streitpunkte aufkommen zu lassen. Die Tochter, die den Notarvertrag mit den Eheleuten Rentner geschlossen hatte, empfand es als nicht zumutbar, täglich ihre mittlerweile an Schlaganfällen erkrankte Mutter zu pflegen. Vielmehr hat dies Herr Rentner größtenteils übernommen.

Zum anderen ließen weitere Streitigkeiten zwischen der Tochter und dem Vater sowie die Androhung von Gewalt gegenüber Herrn Rentner die Situation eskalieren. Frau Rentner kam letztendlich in ein Pflegeheim.

Für Herrn Rentner war dies schon ein schwerer Schritt, als er ja ursprünglich davon ausgegangen war, mit seiner Frau im Haus alt werden zu dürfen. Nunmehr stand er alleine da – mit all den Problemen, die noch auf ihn zukommen sollten. Und glauben Sie mir, die Probleme kamen…

Der seinerzeit abgeschlossene Notarvertrag und das damit verbundene Nießbrauchrecht führten zu solch erheblichen Problemen, dass die Eheleute Rentner in der Vergangenheit sicher niemals einen solchen Vertrag abgeschlossen hätten, wären ihnen die Konsequenzen auch nur im geringsten bewusst gewesen.

Bei Rentnern ist nicht die ARGE, sondern als Träger von Leistungen nach SGB XII die Stadt bzw. der Kreis zuständig. Der Kreis hat vorliegend das Nießbrauchrecht (kostenfreies Wohnen) in eine entsprechende „Mieteinnahme" umgerechnet, als die Eheleute Rentner ja in ihrer Wohnung im Haus keine Miete zu entrichten haben. Soweit so gut.

Demnach haben die Eheleute Rentner eine Einnahme (ersparte Miete) erzielt, deren Höhe der Kreis bestimmt. Die Höhe der als Einnahme angerechneten Miete belief sich – gegensätzlich zu den sonst so geringen anerkannten Wohnkosten – auf einen recht hohen Betrag. Bedauerlicherweise ist ein Pflegeheim aber nicht der Ansicht, dass der Pflegebedürftige dort weniger zahlen muss, als er in seinen eigenen 4 Wänden normaler weise mietfrei wohnen würde. Die Pflegekosten für Frau Rentner waren demnach genau so hoch, wie bei anderen Pflegebedürftigen auch. Und genau wie bei anderen Pflegebedürftigen auch, reichte die Rente der Frau Rentner nicht aus, die Pflegekosten zu decken.

Nur gut, dass der Kreis als Träger der Leistungen nach SGB XII vorliegend auf Herrn Rentner und dessen Rente zurückgreifen konnte…

Schlecht nur, dass nicht nur die Rente von Herrn Rentner mit zur Rente der Frau Rentner hinzugerechnet wurde um die Pflegekosten zu decken, sondern auch die fiktive Miete.

Zur besseren Erläuterung:

Rente des Herrn Rentner   2.000 €
Rente der Frau Rentner   2.000 €

vermeintliche Mietersparnis   1.000 €
Gesamteinkommen   = 5.000 €

Von den 5.000 € Gesamteinnahmen sind 3.800 € in Abzug zu bringen für die Pflegekosten der Frau Rentner. Somit verbleiben Herrn Rentner noch 1.200 €. Fiktiv. Denn tatsächlich hat er ja nur noch 200 € zum Leben, als 1.000 € eine vermeintliche Einnahme darstellen, die es allerdings in Wahrheit nicht gibt. Was schätzen Sie, liebe Leser, welcher Sozialleistungsbetrag ihm demnach laut Auskunft des Kreises zugestanden hat?
Ich merke schon, einige von Ihnen haben das Buch bis jetzt wirklich aufmerksam gelesen. Denn die Antwort „nichts" ist vollkommen richtig.
Da Herr Rentner aber schon älter und weise ist, hat er dies nicht einfach so hingenommen und einen Anwalt aufgesucht.
Dieser schickt dem Kreis eine andere Rechnung zu:

Rente des Herrn Rentner   2.000 € zuzüglich
Rente der Frau Rentner   2.000 € abzüglich
Pflegekosten Frau   −3.800 €
verbleiben Herrn Rentner   200 €.

Eine Miete für Herrn Rentner brauchte zu diesem Zeitpunkt nicht berücksichtigt werden, als er ja mietfrei wohnte. Allerdings stand ihm laut dieser Rechnung eine Hilfeleistung zum Lebensunterhalt zu.
Wie Sie, liebe Leser, in den vorherigen Kapiteln sicherlich schon bemerkt haben, lässt der Leistungsträger (in

diesem Fall der Kreis) nichts unversucht, um Ihre Steuergelder zu schützen...

So hat es der Kreis auch in dieser Geschichte geschafft, noch einen Trumpf auf dem Ärmel zu zaubern. Der zuständige Sachbearbeiter hat sich in einer wahrscheinlich ruhigen Minute überlegt, ob Herrn Rentner nicht schon deshalb keine Leistungen nach SGB XII zustehen, als er noch über Vermögen verfügt – nämlich das Haus.

Im Grunde genommen kein verwerflicher Gedanke, dass die Allgemeinheit nicht dafür herhalten sollte, wenn Eigentum schon zu Lebzeiten an Kinder durch „Schenkung vererbt" wird. Es soll aber vorkommen, dass solche frühzeitigen, in gutem Glauben vorgenommenen „Schenkungen" nicht mehr rückgängig zu machen sind. So auch in diesem Fall.

Der Herrn Rentner vertretende Anwalt hat den Kreis mehrfach auf die zivile Rechtsprechung hingewiesen, nach der die Rückübertragung des Hauses auf die Eheleute Rentner im vorliegenden Fall nicht möglich wäre. Dennoch hat der Kreis auf einem Klageverfahren bestanden. Um dieser Forderung auf Rückübertrag des Hauses im Klageverfahren Nachdruck zu verleihen, hat der Kreis alsdann wieder sämtliche Sozialleistungen an Herrn Rentner gestrichen, als seiner Ansicht nach erhebliches Vermögen und somit keine Hilfebedürftigkeit vorlag.

Verschärft hat sich die Situation des Herrn Rentner alsdann noch mehr, als er aus gesundheitlichen Gründen aus der Wohnung im (nunmehr) Haus seiner Tochter ausziehen, und eine andere anmieten musste. Ein Zusammenleben mit der Tochter und deren Fami-

lie unter einem Dach war für Herrn Rentner nicht
mehr möglich. Dafür, dass er aus rein gesundheitlichen Gründen dort ausziehen musste, lagen genügen-
de Beweise vor. Unter anderem ärztliche Atteste, ei-
desstattliche Versicherungen von Dritten, der Nachweis über die Einnahme von Psychopharmaka u. a.
Somit ist Herr Rentner, der ursprünglich in seinen
eigenen 4 Wänden Alt werden wollte, der ursprünglich
nicht mehr umziehen wollte, der gehofft hatte, im
Kreis der Familie versorgt und geliebt zu sein, mit
über 60 Jahren in eine fremde Wohnung gezogen.
Allein.
Für die angemietete Wohnung war nunmehr allerdings
eine Miete zu zahlen. Leider liegt es auch in diesem
Fall im Ermessen des Sachbearbeiters, welche Leistungen er als notwendig erachtet. Anders ausgedrückt;
der Sachbearbeiter bestimmt, ob Herr Rentner aus
gesundheitlichen Gründen die Wohnung im Haus der
Tochter (wofür er ein Nießbrauchrecht hat) aufgeben
und eine neue Wohnung (wofür er Miete zahlen
muss), anmieten durfte, oder nicht.
Der Sachbearbeiter hat sich zwar einerseits bereit erklärt, die Miete des Herrn Rentner anzuerkennen.
Gleichzeitig hat er allerdings auch die für die bisherige
Wohnung angesetzte, fiktive Miete wiederum als Einnahme angesetzt.
Somit ergab sich folgende Rechnung laut Kreis:

Rente des Herrn Rentner	2.000 € zuzüglich
Rente der Frau Rentner	2.000 € zuzüglich
fiktive Miete (Nießbrauch)	1.000 € abzüglich
Pflegekosten Frau	-3.800 € abzüglich

Miete Herr Rentner   -290 €
verbleiben Herrn Rentner   910 € - fiktiv.

Tatsächlich ergab sich aber ein Minus von 90 €, wobei Herr Rentner noch nichts gegessen hatte, geschweige denn, den Strom bezahlt.

Nachdem in der Folgezeit Frau Rentner der „Rauswurf" aus dem Pflegeheim drohte, da die Pflegekosten nicht mehr voll gedeckt waren (von irgendetwas musste Herr Rentner ja leben und die Miete bezahlen) wurde seitens des Anwalts ein Antrag auf einstweilige Anordnung beim zuständigen Sozialgericht gestellt. In diesem Verfahren wurde der Antrag gestellt, dass an Herrn Rentner Sozialleistungen zu zahlen sind. Das Sozialgericht hat alsdann einen Beschluss erlassen, wonach an Herrn Rentner die Sozialleistungen zumindest als Darlehen seitens des Kreises einstweilen zu zahlen waren.

Offensichtlich erinnern sich die Sachbearbeiter der Sozialleistungsträger – warum auch immer – gern erst wieder an den Gesetzestext des „*§ 23 Abs.5 SGB II* „...*darlehensweise Leistungserbringung bei Unmöglichkeit oder Unzumutbarkeit sofortiger Vermögensverwertung*", wenn durch einen Anwalt ein Antrag auf einstweilige Anordnung gestellt wurde (vergleiche Kapitel 11). Denn selbst wenn, was vorliegend nicht der Fall war, Herr Rentner mit seiner Klage auf Rückübertragung des Hauses Erfolg gehabt hätte, hätte er – logisch – während der Zeit des Klageverfahrens von dem Haus nichts gehabt.

Das Klageverfahren auf Rückübertragung des Hauses scheiterte allerdings, wie vom Anwalt vorausgesehen.

Der Anwalt hatte zum Schutz seines Mandanten bezüglich des Klageverfahrens auf Rückübertragung des Hauses erst einmal nur einen Antrag auf Prozesskostenhilfe gestellt. Hierdurch konnte bewirkt werden, dass Herr Rentner „nur" seine Rechtsanwaltskosten zu tragen hatte und nicht etwa noch die des gegnerischen Rechtsanwalts bzw. hohe Gerichtskosten.

Wird ein Prozesskostenhilfeantrag seitens des Zivilgerichts (Amts-, Landgericht) wegen mangelnder Aussicht auf Erfolg zurückgewiesen, so kann man die Klage zurücknehmen, ohne, dass diese zuvor der Gegenseite zugestellt wurde. So wurde auch in der vorliegenden Geschichte verfahren. Somit sind auch keine gegnerischen Anwaltskosten entstanden bzw. seitens Herrn Rentner zu zahlen.

Allerdings sei darauf hingewiesen, dass die „nur" eigenen Anwaltsgebühren, die Herr Rentner aufbringen musste sich auf ca. 5.000 € beliefen – zu zahlen von Herrn Rentner – Hartz-IV-Empfänger.

Aber damit noch nicht genug. Obwohl das Gericht den Prozesskostenhilfeantrag (siehe oben) wegen mangelnder Aussicht auf Erfolg zurückgewiesen hatte. Und obwohl dem Kreis bekannt war, dass Herrn Rentner hierdurch Kosten in Höhe von ca. 5.000 € entstanden sind, bestand dieser auf einem weiteren Verfahren (Berufungsverfahren). Als der Anwalt den zuständigen Sachbearbeiter des Kreises auf die horrenden Anwaltsgebühren, die durch ein Berufungsverfahren zusätzlich entstehen würden noch einmal hinwies, meinte dieser lediglich, dass das nicht sein Problem sei.

Ein Berufungsverfahren hat es dennoch nicht gegeben. Der Anwalt hatte stattdessen den Kreis aufgefordert, zuvor eine schriftliche Kostenübernahme auszustellen. Diese ist bis heute nicht erfolgt.

Mittlerweile bezieht Herr Rentner Witwerrente, da Frau Rentner in der Zwischenzeit verstorben ist.

Die Verfahren beim Sozialgericht bezüglich der vom Kreis angesetzten fiktiven Miete sind immer noch nicht alle abgeschlossen.

Ganz unabhängig von den nicht unerheblichen Kosten (ca. 5.000 €), die Herr Rentner dadurch aufzubringen hat, dass der Sachbearbeiter des Kreises eine andere Ansicht vertrat, als Juristen und Gerichte und somit auf einem Klageverfahren auf Rückübertragung bestanden hatte. Vergessen Sie nicht die Gelder, die aufgebracht werden müssen, um die Kosten des einstweiligen Anordnungsverfahrens sowie der Widerspruchsverfahren zu decken (Änderungsbescheid).

18. Kapitel
Vermögen

Dem vorherigen Kapitel konnten Sie schon entnehmen, dass Eigentum ein erhebliches Problem darstellen kann. Insoweit überlegen Sie sich gut, bevor Sie Eigentum erwerben oder verschenken oder unter Auflagen vorzeitig vererben.

Allerdings wissen die wenigsten, dass einem jeden Freibeträge und ein gewisses „Vermögen" zusteht.

Ja, Sie können ein "Vermögen" (nicht mit einer Million zu verwechseln) haben und trotzdem Hartz-IV Bezieher sein...

Aber Vorsicht, die Träger der Sozialleistungen sehen alles. Und offenbar stößt jedes „Vermögen" der ARGE sauer auf. So hat die Praxis gezeigt, dass grundsätzlich bei vorhandenem Vermögen, egal in welcher Höhe und für welchen Zweck, die ARGE die Leistungen einstweilen nicht bewilligt, bis dieses aufgebraucht ist. Oder aber man muss zumindest bis ins kleinste Detail darüber Auskunft geben, von wem; wann und womit das Vermögen geschaffen wurde. Für welchen Zweck dieses Verwendung finden kann; nicht soll, sondern kann.

Ach so, Sie sind der Meinung, dass das richtig ist? Bedenken Sie aber bitte, dass auch Hartz-IV Empfänger irgendwann in Rente gehen. Dann entscheidet sich, ob sie Leistungen nach SGB XII beziehen müssen, oder von ihrem "eigenen Vermögen" leben können.

Daher sind sie durchaus berechtigt, Geldbeträge für ihre Rente „auf die hohe Kante" zu legen. Dieses, auf die hohe Kante gelegte "Vermögen" soll der Altersvorsorge dienen. Wenn Sie beispielsweise 150 € pro Lebensjahr ansparen würden, so mag sich dies im ersten Moment lapidar anhören. Allerdings summiert sich dieser Betrag ganz ordentlich. Vor allem, wenn es sich um ältere Hartz-IV Bezieher handelt. Ein Ehepaar beispielsweise, die beide 50 Jahre alt sind, könnten somit einen Betrag in Höhe von 150 € x 50 Jahre x 2= 15.000 € behalten. Hier lohnt es sich meiner Ansicht nach wirklich, sich kundig zu machen. Das Sozialrecht mit seinen 12 Gesetzesbüchern ist zwar ganz schön kompliziert – manchmal. Aber es soll Menschen geben, die sich in diesem Labyrinth zurecht finden...

Auch über eine Riesterrente sollte man nachdenken. Allerdings wirklich nachdenken. Denn einerseits ist diese, was allgemein bekannt ist, „Hartz-IV-Sicher“. Nicht nur, dass Ihnen das Ersparte der Riesterrente bei Bezug von Leistungen nach SGB II nicht genommen werden darf. Es ist sogar so, dass der Staat Beiträge zur Riesterrente bei einem Anspruch auf Leistungen nach SGB II zahlt. Andererseits, was offenbar nicht allgemein bekannt ist, wird die Riesterrente unter Umständen auf Leistungen nach SGB XII angerechnet. Dabei stellt dies eigentlich eine logische Schlussfolgerung dar.

Leistungen nach SGB XII beziehen Rentner, deren Rente nicht zum Lebensunterhalt ausreichend ist. Da die Riesterrente – wie das Wort schon vermuten lässt – eine Rentenzahlung darstellt, wird diese zur „normalen staatlichen“ Rente hinzugerechnet. Nur, wenn dieser Gesamtbetrag nicht zum Lebensunterhalt reicht, werden Leistungen nach SGB XII gezahlt.

Somit ist die Riesterrente meiner Meinung nach derzeit die sicherste „Geldanlage", um wenigstens im Alter nicht mehr unbedingt von Sozialleistungen abhängig zu sein. Allerdings nur, wenn Ihre staatliche Rente nicht unter ca. 700 € monatlich liegt.

Bezüglich der zuvor erwähnten Renten-Vermögensbildung möchte ich es an dieser Stelle keinesfalls versäumen, mich noch bei meiner Bank zu bedanken, die unfreiwillig weiteren Lesestoff für dieses Buch gegeben hat.

So hat manch ein Hartz-IV Empfänger schon ein Verfahren wegen Sozialbetruges durchlebt, weil er Vermögen bei Antragstellung auf Sozialleistung nach Hartz-IV nicht angegeben hatte. Während ich anfänglich die Ansicht vertrat, dass er dies eventuell selbst verschuldet hat, als im Fragebogen doch nach Vermögenswerten gefragt wird, war mir nach einem Besuch bei meiner Bank verständlicher, woran das (außer natürlich, dass man die Ansicht vertritt, nur Millionäre seien vermögend) noch liegen könnte.

So bin ich bei meiner Bank eines Tages vorstellig geworden, um mich über die Riesterrente beraten zu lassen. Und war erstaunt ob der Ausführungen und Erläuterungen meiner Ansprechpartnerin bei der Bank, nachdem die Sprache zufällig (berufsbedingt) auf Hartz-IV kam. Die Bankangestellte versuchte so, mich davon zu überzeugen, dass man in diesem Falle doch Sparbücher für die Kinder anlegen könne. Diese Sparbeträge bräuchte man dann bei einem eventuellen Antrag auf Hartz-IV nicht angeben…

Eine folgenschwere Aussage für jemanden, der seiner Bank vertraut.

Die Angabe, dass man Sparvermögen, Lebensversicherungen, Rentenversicherungen, Sparverträge für Kinder… bei einem Antrag auf Hartz-IV nicht anzugeben braucht bzw. diese automatisch nicht als Vermögenswerte angesehen werden, ist schlichtweg falsch.

Doch nun zurück, zur legalen Vermögensbildung.

Ich könnte mir bei diesem Kapitel hier vorstellen, dass manch ein Leser unter Ihnen jetzt denkt: *„Aha, sind Hartz-IV Empfänger doch nicht so arm, wie sie immer angeben. Haben sie doch noch Reserven auf Sparbüchern liegen."* Leider muss ich Sie enttäuschen. Hartz-IV Empfänger wird nach wie vor nur, wer – volksmündlich gesprochen – ein armes Schwein ist. Das angesparte Vermögen für die Rente dient - siehe oben - ausschließlich der Altersvorsorge. Sollte es seitens eines Hartz-IV Empfängers vor Rentenantritt verwendet werden, so muss er sich dieses als Einnahme in dem entsprechenden Monat anrechnen lassen. Seine Leistungen nach SGB II werden entsprechend gekürzt bzw. zurückgefordert.

Wie viel ein Hartz-IV Empfänger wirklich als „Vermögen" im Jahr geschenkt bzw. „nebenbei" haben oder erhalten darf, ohne, dass dieses als Einkommen angerechnet wird oder angegeben werden muss, entnehmen Sie bitte der nachstehenden Verordnung: Arbeitslosengeld II/Sozialgeld-Verordnung - Alg II-V

§ 1 Nicht als Einkommen zu berücksichtigende Einnahmen…
1. einmalige Einnahmen und Einnahmen, die in größeren als monatlichen Zeitabständen anfallen, <u>wenn sie jährlich 50 €</u>
<u>nicht übersteigen</u>,…"

Nun, liebe Großeltern, Sponsoren, Wohltäter. Geben Sie zukünftig darauf acht, wie hoch der Wert Ihres nächsten Geschenkes für die Enkel, Freunde oder Verwandte ausfällt. Sie möchten sicher nicht, dass die eigentlich gut und lieb gemeinte Zuwendung dazu führt, dass gegen den Beschenkten in der Folgezeit ein Verfahren wegen Sozialbetruges eingeleitet wird. Auch möchten Sie sicher nicht, dass diesem in der Folgezeit über die Summe des Schenkungsbetrages die Leistungen gekürzt werden....

Sie glauben nicht, dass das passieren kann? Dann haben Sie bislang beim Lesen offensichtlich nicht aufgepasst. Die ARGE-Mitarbeiter können sehr erfinderisch sein, wenn es darum geht, Steuergelder zu schützen – koste es, was es wolle.

Sollte also Ihr Enkel ein Musikinstrument erlernen wollen, Ihr Freund einen neuen Computer brauchen, Ihr Verwandter ein neues Fahrrad, so kaufen Sie diesem das benötigte nicht. Damit werden Sie ihm keinen wirklichen Gefallen tun. Denn letztendlich müsste die Bedarfsgemeinschaft des Beschenkten den Geldwert des Geschenkes in der Folgezeit in monatlichen Raten á 30 € an die ARGE „zurückzahlen", als es sich hier um ein Einkommen handelt.

Leihen! heißt hier die Devise. Was Sie verleihen, wechselt nicht seinen Eigentümer und stellt somit für einen Hartz-IV Empfänger kein Einkommen dar.

Auch Hartz-IV Empfänger können sehr erfinderisch sein, wenn es darum geht, ein wenig Lebensqualität zu schaffen – ohne, dass es etwas kostet...

19. Kapitel
Aufsicht – die Macht der Mitarbeiter

In der Vergangenheit habe ich mir nicht nur ein Mal die Frage gestellt, wie solche Ungerechtigkeiten, wie sie Hartz-IV Empfängern - egal ob durch die ARGE, die Bundesagentur für Arbeit oder die jeweiligen Städte bzw. Kreise - widerfahren überhaupt möglich sein können.

Sie haben sicher schon bemerkt, dass unabhängig davon, ob vom Staat beabsichtigt oder unbeabsichtigt, manch eine Leistungsentscheidung nichts, aber auch gar nichts mit „Sozial"Leistung zu tun hat, sondern vielmehr mit der Willkür des jeweiligen Sachbearbeiters.

Es verwundert auch nicht, dass Hartz-IV Empfänger teilweise Angst vor einem Besuch bei der ARGE haben.

Es verwundert auch nicht, dass Hartz-IV Empfänger gelegentlich Angst vor Schreiben der ARGE haben.

Geschweige denn, dass sich manch ein Leistungsbezieher machtlos, dem Fallmanager bzw. Mitarbeiter der ARGE und dem Sozialsystem völlig ausgeliefert, und von diesem vollkommen abhängig fühlt.

Es ist so. Nicht nur gefühlt, sondern tatsächlich.

Bei meiner Recherche für dieses Buch war ich allerdings dennoch erstaunt, dass bei all der Macht, die einem Mitarbeiter der ARGE bzw. Bundesagentur für Arbeit durch den Staat zugebilligt wird, dieser offensichtlich bereits die Erkenntnis gewonnen hat, dass diese gegebene Macht nicht unbedingt mit dem Sozialrecht bzw. unserer Verfassung im Einklang steht.

Vielmehr sind Entscheidungen abhängig von dem Ermessen des jeweiligen Sachbearbeiters. Und Sachbearbeiter sind Menschen (nicht automatisch gleichzusetzen mit menschlich). Menschen machen bekanntlich Fehler.

Die Bewilligung von Hartz-IV Leistungen, die Ausübung und Verhängung von Sanktionen, all dies soll eine Ermessensfrage des jeweiligen ARGE-Mitarbeiters sein? In erster Linie – ja.

Ist Ihnen beim Lesen der vorherigen Kapitel aufgefallen, wie oft von „können" „dürfen" „sollen" die Rede ist? Zwar gibt der Gesetzgeber (die Regierung) vor, wer <u>dem Grunde nach</u> Anspruch auf Leistungen hat. Allerdings sind viele weitere Paragraphen eine Auslegungssache. Es finden sich immer wieder Möglichkeiten, das entsprechende Gesetz für den Hartz-IV Empfänger positiv anzuwenden – oder eben nicht.

Dass diese Problematik von der Regierung nicht nur erkannt, sondern offenbar vielmehr billigend in Kauf genommen wird, ergibt sich meiner Ansicht nach aus § 47 sowie § 49 SGB II.

§ 47 SGB II Aufsicht
(1) Soweit die Bundesagentur Leistungen nach diesem Buch erbringt, <u>führt das Bundesministerium für Arbeit und Soziales die Rechtsaufsicht und die Fachaufsicht</u>…
§ 49 Innenrevision
(1) <u>Die Bundesagentur stellt</u> durch organisatorische Maßnahmen <u>sicher, dass</u> in allen Dienststellen und Arbeitsgemeinschaften … durch eigenes, nicht der Dienststelle angehörendes Personal <u>geprüft wird, ob</u> von ihr <u>Leistungen</u> nach diesem Buch <u>unter Beachtung der gesetzlichen Bestimmungen</u> nicht hätten erbracht

werden dürfen oder zweckmäßiger oder wirtschaftlicher hätten eingesetzt werden können. Mit der Durchführung der Prüfungen können Dritte beauftragt werden…
(3) Der Vorstand <u>legt die Berichte</u> nach Abs. 1 unverzüglich <u>dem Bundesministerium für Arbeit und Soziales vor</u>.“

Der Gesetzgeber hat demnach offensichtlich erkannt, dass bezüglich der Umsetzung von der Theorie in die Praxis es durchaus Schwierigkeiten gibt.

Allerdings muss ich bei all meinem Interesse für die Politik auch Ihnen, liebe Leser, die Frage stellen: Können Sie sich an Nachrichten erinnern, in denen mitgeteilt wurde, *„dass das Bundesministerium für Arbeit und Soziales einen Bericht vorliegen hat über eine Überprüfung der Bundesagenturen mit dem Ergebnis, dass…‘*?

Ich nicht. Das kann natürlich auch an mir liegen und der Tatsache, dass ich mich in letzter Zeit mehr mit Schreiben, als mit Lesen beschäftigt habe…

Zwar höre oder sehe ich immer mal wieder veröffentlichte Zahlen und Statistiken, in denen mitgeteilt wird, wie hoch die Arbeitslosenzahl, die Anzahl der Leistungsempfänger nach Hartz-IV und auch die Vermittlung von Hartz-IV Empfängern in Arbeit ist. Jedoch vermisse ich solche Berichte, in denen Statistiken darüber veröffentlicht werden, wie oft das Bundesministerium Berichte von Überprüfungen der Bundesagenturen vorgelegt bekommen hat. Geschweige denn, mit welchen Ergebnissen diese vorgelegt wurden. Sie auch?

Noch interessanter lässt sich meiner Meinung nach die Kommentierung von Hauck/Noftz zu § 49 III.-Inhalt der Vorschriften im Einzelnen – Prüfungsgegenstände, lesen:

*„5. Unter Berücksichtigung ... können folgende Gesichtspunkte
hinsichtlich der Notwendigkeit eines Instruments der internen
Kontrolle auf das SGB II übertragen werden: <u>Die Erbringung
der Leistungen des SGB II sind in einem hohen Maße von dem
Verhalten der Mitarbeiter abhängig</u>...
6. <u>Es ist daher damit zu rechnen, dass Mitarbeiter wegen der
nur beschränkt erfüllbaren Erwartungen auch Leistungen unter
mangelnder Berücksichtigung der gesetzlichen Bestimmungen</u>
oder nicht immer in der zweckmäßigen oder wirtschaftlichen
Form <u>erbringen werden</u>. Mit dem Instrument der internen Kontrolle soll, wie im Versicherungssystem, das Bewusstsein der
Mitarbeiter für die Relevanz ihres aktiven Handelns zur Verhinderung von Leitungsmissbrauch geschärft werden....“*
(aus: Hauck/Noftz, Sozialgesetzbuch II – Grundsicherung für Arbeitssuchende, § 49 III Rn.3 ff.)

Meiner Ansicht führen unter anderem auch die in den
einzelnen Paragraphen gern benutzten Worte: „sollen“, „können“, „dürfen“ zu so vielen Ungerechtigkeiten, wie sie Hartz-IV Empfängern widerfahren.
Stellen Sie sich einmal vor, in Ihrem Arbeitsvertrag
würde stehen: *„Das Gehalt <u>kann</u> zum 31. des jeweiligen
Monats ausgezahlt werden; es <u>soll</u> in Form von Banküberweisung und nicht in Form von Schokotalern ausgezahlt werden
und Sie <u>dürfen</u> 40 Stunden/Woche arbeiten...“*
Ein gutes weiteres Beispiel wäre ein solcher Mietvertrag: *„Sie <u>können</u> die vereinbarte Miete monatlich überweisen;
der Vermieter <u>soll</u> die von Ihnen angemietete Wohnung nicht*

ohne vorherige Ankündigung betreten und Sie <u>dürfen</u> die Wohnung bei Auszug renoviert übergeben."

Und das in Deutschland, dem Land, in dem alles durch Gesetze geregelt wird. Die Vorstellung, dass es sogar ein Gesetz darüber gibt, dass Sie nicht in der Öffentlichkeit gegen einen Baum pinkeln dürfen. Andererseits aber in § 15 SGB II (Eingliederungsvereinbarung) steht: *„(1) Die Agentur für Arbeit <u>soll</u> im Einvernehmen … mit jedem erwerbsfähigen Hilfebedürftigen die für seine Eingliederung erforderlichen Leistungen vereinbaren",* dann ist hier doch etwas nicht im Gleichgewicht.

Ein weiteres Problem stellt sicher auch die Tatsache dar, dass das SGB ständig überarbeitet wird. Mein Chef z. B. verbringt an Wochenenden viel Zeit damit, sich über die neuesten Änderungen auf dem Laufenden zu halten. Ich selber musste beim Schreiben des Buches auch des Öfteren feststellen, dass mein Zitat aus dem SGB II einige Zeit später, nachdem ich es in mein Buch geschrieben habe, geändert wurde. Wenn Sie demnach dieses Buch hier zur Hand nehmen, dann kann es sein, dass die entsprechenden Paragraphen bereits geändert worden sind.

Während Anwälte zig Stunden damit verbringen, sich durch diese Änderungen – auch an Wochenenden – durchzuarbeiten, kann man dieses wohl schwerlich von Mitarbeitern der ARGE verlangen. Erst recht nicht von Hartz-IV Empfängern…

Es besteht natürlich auch die Möglichkeit, dass solche Worte wie: *können, sollen, dürfen,* zukünftig nicht mehr im SGB II und SGB XII zu finden sein werden…

Kann sein, muss aber nicht; es könnte und sollte eventuell besser. Aber darf es das?

Natürlich ist es sinnvoll, das Sozialgesetzbuch zu überarbeiten und einige Paragraphen zu ändern.

Aber Hartz-IV Empfänger als „Versuchskaninchen"?

Sie meinen, dass sie das nun trotz allem nicht sind?

Wie verstehen Sie dann den Begriff „Experiment"?

An dieser Stelle greife ich gern wieder einmal zum Duden und suche für Sie die Bedeutung hierzu heraus: Experiment = wissenschaftlicher Versuch oder gewagtes Unternehmen.

Lesen Sie den nachstehenden Paragraphen und bilden Sie sich selber Ihre Meinung darüber, was nach dem SGB wohl damit gemeint sein mag.

§ 6a SGB II - Experimentierklausel
(1) Zur Weiterentwicklung der Grundsicherung für Arbeitsuchende sollen ... im Wege der Erprobung kommunale Träger ... zugelassen werden können. Die Erprobung ist insbesondere auf alternative Modelle der Eingliederung von Arbeitsuchenden im Wettbewerb zu den Eingliederungsmaßnahmen der Agenturen für Arbeit ausgerichtet."

Nicht miss zu verstehen ist aber – so meine Meinung – die Tatsache, dass Hartz-IV ein Experiment ist. Ein unausgereifter Versuch, Menschen wieder in Arbeit zu bringen.

Es gibt unzählige Bücher der unterschiedlichsten Kategorien darüber, was passieren kann, wenn man Menschen Macht über Menschen gibt.

Egal, was mit Hartz-IV in der Ablöse der Sozialhilfe im Ursprung vorgesehen war. Mir macht es ehrlich gesagt ein wenig Angst, wenn ich mir bewusst mache,

was möglich wäre, wenn ich von Hartz-IV abhängig
werden sollte.

Ein vollkommen fremder Mensch (Fallmanager) bestimmt dann darüber, bei wem ich unter welchen Bedingungen arbeiten soll. Ob ich in meiner Wohnung
wohnen bleiben darf; diese für mich angemessen ist.
Was seiner Ansicht nach das Beste für mich und meine Zukunft ist. Wie lange die Bearbeitung meiner Unterlagen dauert...

20. Kapitel
Tipps von Mensch zu Mensch

Während Sie sicherlich in sämtlichen anfänglichen Kapiteln die Ansicht vertreten haben, dass es sich bei den einzelnen Geschichten um mögliche Ausnahmen handelt. Um Geschichten, in denen *mal* Ungerechtigkeit widerfahren sein kann. So sollte Ihnen spätestens jetzt deutlich geworden sein, dass dies nicht an dem ist.

Wenn Sie als Hartz-IV Empfänger der Ansicht sind, dass Ihnen Leistungen nicht zugebilligt werden, weil es „Ihrem Sachbearbeiter nicht passt"; wenn gegen Sie Sanktionen verhängt wurden, die Sie als ungerecht empfinden. Trauen Sie sich, dies kund zu tun.
Des Öfteren habe ich schon von potentiellen Mandanten die Frage gehört „Ist denn Ihr Chef (der Anwalt) auch bereit, gegen die ARGE vorzugehen?" Vertrauen Sie darauf, ein Anwalt geht bei widerfahrenem Unrecht gegen die entsprechende ARGE vor.
Auch müssen Sie sich nicht verstecken, wenn Sie Hartz-IV Bezieher sind. Sie sind kein Mensch dritter Klasse. Heutzutage kann jeder Hartz-IV Empfänger werden, der nicht zuvor goldene Löffel zur Seite gelegt hat. Stellen Sie sich nur einmal vor, Sie würden als Mann mit 57 Jahren (10 Jahre vor Ihrer regulären Rente) arbeitslos. Besitzen Sie genügend Gelder, um diese 10 Jahre überbrücken zu können?
Dennoch, das Sozialgesetzbuch sieht einige Hilfen und Leistungen für Sie vor. Es scheinen nur bedauerlicher weise nicht alle Mitarbeiter der Sozialleistungsträger zu

wissen, welche Hilfen und Leistungen Sie alle in Anspruch nehmen können und dürfen.

Werden Sie mutiger. Denn letztendlich werden die Mitarbeiter dafür bezahlt, Sie zu beraten, Ihnen zu helfen, wieder in Arbeit zu kommen. Fordern Sie dies von ihnen ein. Denken Sie immer daran – wenn Sie in Arbeit stehen, dann zahlen Sie u. a. von Ihren Steuergeldern das Gehalt z. B. Ihres jetzigen ARGE-Mitarbeiters. Sofern der ARGE-Mitarbeiter Ihnen keine konkrete Auskunft geben kann, fordern Sie diesen auf, sich bis zum nächsten persönlichen Vorsprachetermin hierüber erkundigt zu haben. Lassen Sie sich nicht entmutigen, wenn Sie gegebenenfalls mit Sanktionen durch den Mitarbeiter dafür „belohnt" werden, dass Sie nachfragen und hinterfragen. Bedenken Sie, dass Steuerzahler für eine gute Beratung, die Ihnen zuteil werden soll, bezahlen.

Abschließend möchte ich es nicht versäumen, noch ein paar Tipps von Hartz-IV Empfängern und anderen für Hartz-IV Empfänger hier wieder zu geben:

<u>GEZ</u>

Hat Sie der ARGE-Mitarbeiter darauf hingewiesen, dass Sie sich von der GEZ-Gebühr befreien lassen können? Hierfür müssen Sie den aktuellen Leistungsbescheid der GEZ mit einem Antrag auf Befreiung zusenden. Bedenken Sie bitte, dass die Befreiung erst ab Antragstellung möglich ist. Ferner muss der GEZ-Befreiungs-Antrag jedes halbe Jahr neu gestellt werden, als der Leistungsbescheid in der Regel nur ein halbes Jahr Gültigkeit hat.

<u>Bewerbungs- und Fahrtkosten</u>
Für nachgewiesene Bewerbungsschreiben und Fahrtkosten (zum Beispiel zu Vorstellungsgesprächen) ist vom Gesetzgeber eigentlich eine Kostenerstattung vorgesehen. Lassen Sie die Zusicherung der Kostenerstattung ggf. mit in der Eingliederungsvereinbarung aufnehmen. Sollten Sie die Erfahrung gemacht haben, dass eine solche Kostenerstattung länger als einen Monat dauert, kann es hilfreich sein, in der Eingliederungsvereinbarung ebenfalls mit aufnehmen zu lassen, dass diese nachgewiesenen Kosten binnen eines Monats durch die ARGE zu erstatten sind.

<u>Aufhebungsverträge</u>
Vorsicht bei Arbeits-Aufhebungsverträgen. Hier haben schon so viele Menschen ganz böse Erfahrungen mit gemacht. Grundsätzlich bei Zustandekommen eines Aufhebungsvertrages unterstellt Ihnen die Bundesagentur für Arbeit, dass Sie die Beendigung des Arbeitsverhältnisses selbst herbeigeführt haben (als ohne Ihre Zustimmung zum Aufhebungsvertrag dieser nicht zustande gekommen wäre). Bleiben Sie stark, wenn Ihnen der Arbeitgeber eventuell damit droht, dass Sie bei Nichtunterschreiben des Aufhebungsvertrages kein ordnungsgemäßes Zeugnis erhalten oder anderweitige Probleme bekommen. Ein ordnungsgemäßes Zeugnis steht Ihnen von Gesetzes wegen her zu. Seien Sie sich darüber bewusst, dass wenn Sie den Aufhebungsvertrag unterschreiben, Sie von der Bundesagentur für Arbeit bis zu drei Monaten keine Leistungen (kein ALG I) erhalten. Ferner werden eventuell

für einen Monat die Sozialversicherungsbeiträge nicht durch die Bundesagentur übernommen. Das heißt, Sie erhalten kein Arbeitslosengeld und müssen im Gegenzug u. a. Ihren Krankenkassenbeitrag selber aufbringen.

Wenn Ihr Arbeitgeber meint, Ihnen kündigen zu müssen oder zu wollen, so wird er sich hiervon auch von einem „Nein" zum Aufhebungsvertrag nicht abhalten lassen.

Bei einer Kündigung denken Sie an die 3-Wochen-Frist für eine eventuelle Kündigungsschutzklage.

Eingliederungsvereinbarung

Mein Lieblingsaufreger (könnte man eigentlich mal zum Unwort des Jahres vorschlagen).Wie zuvor schon erwähnt, können Sie sich dem Abschluss einer Eingliederungsvereinbarung nicht einfach entziehen. Allerdings haben Sie durchaus das Recht, sich eine abzuschließende Vereinbarung erst einmal in Ruhe durchzulesen. Sie haben auch das Recht, die einzelnen individuellen Punkte der Vereinbarung mit Ihrem Fallmanager zu besprechen und ggf. ändern zu lassen. Sollte es Ihnen ergehen, wie in letzter Zeit mehreren anderen Hartz-IV-Empfängern, so erhalten Sie eventuell 1 bis 2 Tage, nachdem Sie die Eingliederungsvereinbarung mit nach Hause zum Lesen genommen haben, ein neuerliches Schreiben zugesandt. Eine Eingliederungsvereinbarung per Verwaltungsakt. Aber auch davon sollten Sie sich nicht „umstimmen" lassen. Legen Sie gegebenenfalls Widerspruch ein.

Freibeträge bei Arbeitseinkommen

Sofern Sie eine Arbeit aufnehmen, bringt Ihnen diese nicht nur persönliche und emotionale Vorteile. Sie können auch finanzielle Unkosten, wie zum Beispiel Fahrtkosten, die Sie auch in der Steuererklärung als Werbungskosten geltend machen können, eventuell bei der Berechnung Ihres Einkommens durch die ARGE absetzen lassen. Ferner stehen Ihnen Freibeträge zu. Die „ersten" 100 € beispielsweise verbleiben bei Ihnen. Von einem weiteren Einkommen werden ebenfalls prozentual Beträge nicht auf die Leistungen nach SGB angerechnet. Erkundigen Sie sich genau und lassen Sie sich aufklären. Zur Sicherheit sollten Sie aber auf jeden Fall hergehen, und alle „überschüssigen" Einnahmen über 100 € erst einmal zur Seite legen. Die ARGE wird Ihnen in der Folgezeit – wenn sie die Einnahmen berechnet hat – einen Aufhebungs- bzw. Erstattungsbescheid über den Zeitraum der erwirtschafteten Einnahmen zusenden. Alsdann müssen Sie auch Beträge an diese zurückerstatten. Erfahrungsgemäß rechnen viele Hartz-IV Empfänger nach dem Ablauf von 1 oder 2 Jahren nicht mehr damit, dass sie Beträge zurückerstatten müssen, was sie alsdann in große, finanzielle Schwierigkeiten bringt. Sorgen Sie hier vor, indem Sie die Beträge, die Sie „mehr" erwirtschaften bis zu der Höhe der an Sie monatlich gezahlten Sozialleistungen beiseitelegen (nicht auf ein Sparbuch anlegen).

Und bitte tun Sie sich, Ihrem Fallmanager und ggf. Ihrem Anwalt einen Gefallen. Führen Sie vom ersten Tag Ihrer Einnahmen an eine Liste über diese. Bei Selbstständigkeit erstellen Sie bitte eine kurze Gewinn- und Verlustrechnung für jeden einzelnen Monat. Achten Sie darauf, dass Sie Einnahmen unter dem Datum verbuchen, an dem sie auch tatsächlich eingegangen sind. Hierdurch können Sie sich und anderen viel Zeit und Ärger ersparen.

Rentensparen

Ihnen steht ein „freies Vermögen" für Ihre Rente zu, welches nicht auf die Sozialleistungen angerechnet werden darf. Ferner haben Sie das Recht, einen Beerdigungsvertrag abzuschließen. Über die genauen Bedingungen sollten Sie sich erkundigen, bevor Sie von Hartz-IV Leistungen abhängig werden.

Eigentumswohnung

Wenn Sie eine Eigentumswohnung besitzen und in der Folgezeit nicht umhin kommen, Leistungen nach SGB zu beziehen, so ziehen Sie eventuell selber in Ihre Eigentumswohnung ein (sofern sie eine angemessene Größe hat) und sichern Sie sich diese ggf. hierdurch. Es handelt sich alsdann eventuell um geschütztes Vermögen.

Mietwohnung

Sollten Sie arbeitslos werden, so überlegen Sie sich, ob Sie nicht schon zu Beginn der Arbeitslosigkeit in eine „angemessene" Wohnung ziehen. Zu diesem Zeitpunkt haben Sie noch die Möglichkeit der freien Wohnungswahl. Sie können sich noch ohne Zeitdruck um eine geeignete Unterkunft bemühen – in einer Gegend, die Ihnen zusagt. Als Anhaltspunkt, wie hoch ein angemessener Mietpreis pro Quadratmeter ist, hat es sich bewährt, die Wohngeldrichtlinien als Vorlage nehmen. Fragen Sie einfach bei Ihrer Stadt nach, welcher Quadratmeterpreis bei Wohngeld angesetzt wird bzw. bei Leistungsbezug angemessen wäre.

Schreiben an ARGE bzw. Bundeagentur oder Stadt/Kreis

Wie auch schon zuvor von mir geschrieben, können Sie sich bei einfachen Nachfragen per E-Mail an Ihren Sachbearbeiter wenden. Bei Schriftstücken bzw. Mitteilungen, in denen Sie wichtige Informationen an Ihren Fallmanager weitergeben möchten, sollten Sie auf jeden Fall auf einen Zeugen oder ein Post-Einschreiben (z. B. bei Widersprüchen) zurückgreifen. Die Erfahrung hat gezeigt, dass es durchaus vorkommt, dass bei der ARGE Briefe „vom Winde verweht" werden. Tatsache ist, dass selbst wir im Anwaltsbüro es uns angewöhnt haben, jeden einzelnen Brief, den wir der ARGE zukommen lassen durch eine Unterschrift zu quittieren.

Beratungshilfeschein

Von meinem Vater habe ich während meiner Kindheit ständig den Spruch: *"Du musst nicht alles wissen, sondern nur wissen, wo es steht"* gehört.

Wie in Kapitel 12 schon erwähnt, können sich Hartz-IV Empfänger vor dem Aufsuchen eines Anwalts einen Beratungshilfeschein bei ihrem zuständigen Amtsgericht holen. Leider ist so manch ein Justizangestellter dem ARGE-Mitarbeiter ähnlich. Es verwundert Sie sicherlich nicht, wenn Hartz-IV Empfänger davon berichten, dass der Justizangestellte "sein Ermessen" ausgeübt und einen Beratungshilfeschein nicht ausgestellt hat.

Verständlicherweise kann und muss auch ein Justizangestellter nicht alles wissen. Daher wäre es vielleicht hilfreich, Sie würden diesen auf das Urteil des Bundesverfassungsgerichts (Sie erinnern sich? Einem Hartz-IV Empfänger ist ein Beratungshilfeschein auszustellen...) hinweisen.

Hier noch einmal der entsprechende Beschluss: BVerfG; Beschluss 11.05.2009; zu AZ 1 BvR 1517/08. Wenn Sie über Internet verfügen, so geben Sie obiges Aktenzeichen doch einfach mal in die Suchmaschine ein. Wie gesagt: *"Man muss nicht alles wissen, sondern wissen, wo es steht"*!

Zuwendungen/Taschengeldaufbesserungen

An dieser Stelle noch einmal der Hinweis, dass ein Hartz-IV Empfänger keine Einnahmen haben darf, ohne, dass er diese der ARGE bekannt geben muss. Diese Einnahmen werden ihm dann auf die Sozialleistungen entsprechend angerechnet.

Wenn Sie von lieben Verwandten oder Freunden Geld geschenkt bekommen, um sich etwas leisten zu können, was für jeden anderen Menschen eigentlich selbstverständlich ist, so scheint es für Sie am einfachsten, dieses unter dem Kopfkissen abzulegen. Allerdings möchte ich Sie darauf hinweisen, dass Sie damit eventuell einen Sozialbetrug begehen.

Deshalb mein Rat: Sie sollten lieber öfter zum „Leihen" zurück finden. Was Sie sich ausleihen, ist nicht Ihres. Was Ihnen nicht gehört, kann Ihnen auch nicht genommen werden...

Schlusswort

Natürlich konnte ich hier in dem kleinen Buch nur einzelne Geschichten – die eventuell so oder so ähnlich geschehen sind, so geschehen sein könnten oder eventuell noch geschehen werden – schreiben. Geschichten, die Ihnen hoffentlich verdeutlichen konnten, dass nicht alles so „sozial" ist, wie es scheint. Die Ihnen verdeutlichen konnten, dass eben doch viele Leistungen von der Ermessensentscheidung des einzelnen Sachbearbeiters abhängig sind; dass ein Hartz-IV Empfänger letztendlich von dem Sachbearbeiter abhängig ist.

Allerdings war und ist es nicht meine Absicht, das Sozialsystem „schlecht" zu machen oder alles zu verurteilen. Geschweige denn möchte ich den Eindruck entstehen lassen, dass nur falsche Bescheide durch die ARGE, die Bundesagenturen oder die Städte bzw. Kreise ergehen oder dass sämtliche Mitarbeiter nach Gutdünken Entscheidungen treffen. Es gibt durchaus auch solche, die sehr bemüht sind, Gerechtigkeit vorherrschen zu lassen. Teilweise auch mit Erfolg solche Eingliederungsvereinbarungen mit Leistungsempfängern ausarbeiten, dass diese von den Sozialleistungen wieder weg und in Arbeit kommen. Zu befürchten ist nur, dass diese Mitarbeiter der Leistungsträger nicht allzu lange bei der ARGE bzw. Bundesagentur für Arbeit beschäftigt bleiben. Denn im ersten Moment entstehen durch sinnvolle Schulungen und Handlungen sowie Eingliederungsvereinbarungen zumeist Kosten. Diese stehen wiederum dem wirtschaftlichen,

effizienten und sparsamen Verwaltungshandeln entgegen.

Hartz-IV – den Luxus gönn' ich mir !

"Luxus" - über das Übliche hinausgehende; dem Genuss und Vergnügen dienend; etwas im Übermaß Vorhandenes; etwas, was nicht notwendig ist.....

Hartz-IV = Luxus?
Sind Hartz-IV Empfänger Ihrer Ansicht nach wirklich Schmarotzer? Hat es nicht schon immer Schmarotzer gegeben? Denken Sie einmal zurück an die Zeit vor 2005. Damals hat man einfach Sozialhilfe bezogen. Einige Personen sicher zu Unrecht.
Aber welche Kosten liegen heutzutage wohl höher – die der Schmarotzer unter den Hilfebedürftigen oder die der Schmarotzer unter den Arbeitenden, die sich eventuell durch „unkorrektes Arbeiten" ihren Arbeitsplatz sichern?
Abschließend lassen Sie mich noch eine alte Dame zitieren.
Diese fast 80jährige Frau habe ich vor der Tafel angetroffen. Ihr trauriger Blick glitt durch die Menschenreihe, die sich wie sie zur Lebensmittelausgabe anstellte. Sie schüttelte bekümmert ihr weises Haupt und meinte: *„Ich dachte, dass ich das nicht mehr erleben würde. Es ist wie damals, nach dem Krieg. Nur, dass nach dem Krieg keiner etwas hatte und das noch mit denen, die gar nichts hatten, teilte."*
Mir für meinen Teil bleibt nur die Hoffnung, dass viele Menschen das Buch kaufen und lesen werden.
Zum einen, damit jedem, wirklich jedem bewusst wird, dass dieses Sozialsystem durchaus noch nicht ausgereift scheint. Und die Hoffnung vertretend, dass mehr

Verständnis für Hartz-IV Empfänger und deren Probleme aufgebracht wird.

Zum anderen aber auch deshalb, um die Einnahmen vom Verkauf des Buches zum Kauf einer Eigentumswohnung verwenden zu können, in die ich dann einziehen möchte und würde (geschütztes Vermögen – auch bei Hartz-IV)…

Zum Ende danke ich noch meiner Familie und all meinen Freunden, die fest an mich und das Buch geglaubt haben. Ganz besonders auch meinem Chef, der mir mein Wissen vermittelt und mich in der Vergangenheit immer unterstützt hat.

Ebenso möchte ich an dieser Stelle meine Freundin nicht unerwähnt lassen. Sie hat mir freundlicherweise ihre Eingliederungsvereinbarung für das Buch zum Abschreiben zur Verfügung gestellt, und auch von ihren Erfahrungen mit der ARGE berichtet. Unter anderem erzählte sie mir davon, dass ihr Fallmanager eine Kuckucksuhr im Büro der ARGE hängen hat. Diese Uhr gibt zur vollen Stunde so laut ihr „Kuckuck" zum Besten, dass Gespräche zwischen dem Fallmanager und Leistungsempfängern unterbrochen werden müssen. Eigentlich hatte sie sich gewünscht, dass ich in diesem Buch einen persönlichen und namentlichen Gruß an ihren Fallmanager schicke. Allerdings muss ich sie diesbezüglich leider enttäuschen, da ich mich entschlossen habe, keine Namen und Städte zu nennen.

Ich danke aber auch den anderen Menschen, die mir, einem Anwalt und der Öffentlichkeit ihr Vertrauen geschenkt haben und schenken.

Auch der Politik könnte oder sollte und dürfte ich meinen Dank aussprechen – was allerdings eine Ermessenfrage darstellt...

Selbstverständlich möchte ich ebenfalls die Mitarbeiter der ARGE hier nicht unerwähnt lassen. Ohne deren Verhalten und Ermessensentscheidungen hätte ich mich niemals zum Schreiben bewogen gefühlt...

Art.1 Grundgesetz

Die Würde des Menschen ist unantastbar.
Sie zu achten und zu schützen ist Verpflichtung aller staatli-
chen Gewalt.